鬼の家

花房観音

コスミック文庫

目次

鬼の家

プロローグ

――人の心の中で、何よりも恐ろしい感情は、「嫌い」やのうて「寂しい」やないやろうか。

妻の桜子《さくらこ》が、どういう話の流れでそんなことを言い出したのか、もう思い出せない。

――「嫌い」は、そのときで終わってしまうけれど、「寂しい」は、積み重なると、「憎い」に変わるんよ。そやから一番、恐ろしい。かつて愛した人が、一番憎い人になってしまうのは、愛してたときに、愛されへんかって、寂しい思いをしたからや――。

桜子はその名の通り、桜の花が好きでした。だから、桜にゆかりのある場所に家を作ることに決めたのです。

昔、千本の桜が植えられていたと伝えられる千本通《せんぼんどおり》――そこは、京都《きょうと》が都だった頃は朱雀《すざく》大路と言って南北を貫く平安京《へいあんきょう》の中心の道でした。華やかな都の中心に千本の桜が植えられている――想像するだけで華麗な光景です。

今は町の中心はもっと東なので、寂れているのですが、だからこそ、ここに屋敷を建てて賑《にぎ》やかに過ごそうと決めました。

桜子が寂しがらないように。

千本通に直接は面していませんが、少し西に入った通り沿いにちょうどいい土地があり購入しました。しかもその土地の前の空き地に、大きな桜の樹があるのです。ここしかない！　と即決しました。桜子はきっと毎日、桜を眺められて幸せでしょう。桜子のためなのです、全て。

お金なら、使い道に困るほどあります。それほどまでに明治という時代がはじまってから私の家の商売は順調だったのです。けれどだからこそ忙しく、それもあって桜子に寂しい思いをさせたくはなかった。大事な妻で、私は桜子を愛していました。世間知らずで、少女のようで、純真で愛らしい、私の妻。

千本の桜が植えられていたという千本通のそばの買い取った土地に私は家を作りました。

やがて生まれてくる子どものためでもありました。いつか私たち夫婦が授かるはず、そう願っていた子どものためです。住処《すみか》であり、財産にもなり、そして多くの人々が集い結びつけられる場所にしようと考えていたのです。また、私たちの子どもが、私たちがいつかいなくなってもそこに住み続け、何不自由なく暮らせるように、と。そんな居場所を財産として残すつもりでした。

世情は不安定でしたが、自由な時代でした。明治維新で江戸に遷都しましたが、それでも京都は文化都市として発展し続けて、内国勧業博覧会などが開かれたおかげでまだまだ華やかな都ではあったと思います。

私は貧乏な薩摩《さつま》藩士の家に生まれましたが、明治維新後、京都に移住した父に商才と社交性があったおかげで陶磁器の輸出で財を成したのです。会社は兄が継ぎ、私は副社長でした。父が亡くなり遺産を相続し、私はそのお金で屋敷を作りました。私たち兄弟は兄が父の商才を継ぎ、私が父の社交性を継いだようでした。兄は商売一筋でしたが、私は文化的な場所にも度々訪れ人との交流を広げておりました。私の人脈が兄の商売にもつながるので、私と兄は全く上手くいっていました。似た者同士ではないほうが、仕事にとってはいいのです。

桜子はもともと武家の娘で私のほうが五つ下の彼女を見初めて望み一緒になりました。妻が十九歳、私が二十四歳の時でした。華奢《きやしや》な身体に小さなうりざね顔の小柄な妻は、着物のよく似合う上品な女性でした。少女と言っていいほどに純真で幼かったのですが、そこが可愛らしかったのです。口数が少なくおとなしすぎるかなと思うことはありますが、出しゃばる女性よりもずっといいではありませんか。

あの屋敷を作りはじめたのは私が二十五歳の時でした。妻と結婚してすぐ、兄も仕事の手を広げようとしている時期で、社交場となるような、私たち兄弟の会社を世に知らしめるような建物をということでアメリカの設計士を呼んで、他にはない立派な建物を作らせたのです。日本人だけではなく、外国からの来客も楽しめるように、アジア、ヨーロッパ、日本と様々な国の意匠を凝らしました。そうして完成したのがあの家です。

外観はルネッサンス風の貴族の邸宅のようで一階は石張りで、二階と三階が薄茶色のタイル張りになって安定感をもたらしています。

館内はルネッサンス様式を基調としながらも、フランス・ロココ風、バロック風、イスラムや中国の意匠を織り交ぜた部屋もあります。玄関ホールには大理石の枠どりのある暖炉があります。ホールから二階へ向かう階段の途中には踊り場がもうけられて、歓談に使われたバロック風の部屋につながっています。

一階のロココ調の応接室には円柱が配されて、壁面には、清水寺《きよみずでら》や東寺《とうじ》をはじめ有名な観光地を描いたレリーフが花飾りで覆われており、この屋敷で最も華やかな部屋です。

一階と二階の部屋の窓はほとんどがステンドグラスですが、日本風に桜と紅葉が描かれています。

二階は主に寝室ですが、一室だけ喫煙室と呼ばれている部屋がありまして、部屋そのものはヴィクトリア調ですが、インテリアや調度品は中国風なのです。寝室もイスラム風の装飾が施されたりなどと、世界各国の美術を取り入れた、他に類をみない豪奢《ごうしゃ》なものです。

一階、二階の家具は全て外国から輸入されたものです。

そして三階には和室が三部屋あります。一部屋はお茶室の造りになっており、一番広い和室は「遊興の間」と呼ばれていました。床の間つきの二十畳の和室で天井や壁面には金の飾りが施されています。三階の和室の窓は木枠の丸窓になっており、京都の山々を眺めることができます。

この土地を選んだきっかけになった窓から見下ろす満開の桜の見事さに私は誇らしくなったものです。


かつて千本の桜が植えられていた千本通――それが、実は死者を送る野辺の道になり千本の卒塔婆《そとば》があった――そんな話もあると知ったのは、屋敷が完成したあとのことでした。

そして、このあたりはかつて宴《えん》の松原《まつばら》と呼ばれ、人を喰《く》らう鬼がいたとの忌まわしい話が残っていることも。

不吉な話だと思い、私はすぐにそのことを忘れようと努めました。

ここは桜子との幸せな生活を送る屋敷なのですから。

第一話　桜　鬼

　桜子は目を覚まして、周りを見渡し、本を読んでいるうちに自分がいつのまにか眠ってしまったことに気づいた。そして、一階の応接室のソファーに寝そべっているのに安堵《あんど》した。この部屋のソファーが一番居心地いいので、すぐに寝てしまう。

　たいして眠っていないはずだが、夢を見ていた。内容は目が覚めた瞬間に忘れてしまったが、嫌な夢だったことだけは自分の息の荒さでわかる。

　身体を起こし、時計を見ると夜の十一時を過ぎている。夫の松ケ谷吉二郎《まつがやきちじろう》は帰ってきていない。日付が変わる前に帰宅することなんて稀《まれ》だし、会社に泊まりこんだり出張で数日顔を見ないのも珍しいことではなかった。

　忙しいのは商売が上手くいっているということだから、喜ぶべきよ——吉二郎の兄の妻にはそう言われたたし、多分、それは正しい。

　若いし、お侍の家の娘だから何かと不満もあるだろうけれど、そこは夫に尽くして家のために良き妻であることを一番に考えてくださってね——。

　桜子は吉二郎の兄の重一郎の妻のキツネのような細面の顔を思い出す。桜子は、夫の兄の妻が好きではなかった。もともと京都の公家《くげ》の娘ということで、武家の娘である自分を見下しているのは明らかだった。

明治維新以降、かつてのような身分はなくなり平等になったとは言うが、そんなことはない。見えないだけで、人は生まれ育ちで人を見下しもするし卑屈にもなる。

ただ、夫の吉二郎にはそういうところは皆無だと桜子は思っていた。吉二郎と重一郎の父親は、薩摩藩士の身分の低い侍の妾《めかけ》の子で不遇な育ちだったが、明治に入ってから、旧薩摩藩の勢いに乗り商売を成功させ、その頃、文化産業に力を入れていた京都で会社を作った。時代の流れに乗ることが上手かったのだ。

そういう家の育ちのせいか五つ上の夫は出会った頃から、誰に対しても公平だ。桜子自身はそれを美徳だと思っているのだが、兄夫婦などは、「吉二郎は人が好《よ》すぎる」と心配していた。つまりは商売人には向かないと。けれど、吉二郎はその人の良さゆえに交流を広く持ち、人に好かれ、それが兄の助けになっている。重一郎だけなら、今の成功はない。実務的なことは兄、対外的なことは弟と上手くそれぞれの性格によって分担できているのだ。

社交的な夫は毎日誰かと会っていて、今日も帰ってこない。

桜子は退屈で、毎日本を読んでいた。習い事をしようとした時期もあったが続かない。

子どもがいればいいのにと、毎日考えていた。すぐにできると思っていたが、結婚して五年になるのに気配がない。

夫が忙しくて夫婦の営みは月に一度か二度あればいいところだ。そのときは、桜子を必死に愛して悦《よろこ》ばそうとしてくれている――と思っている。もっとも桜子は、吉二郎しか男を知らないから、自分たちの行為がどの程度のものかはわからない。

桜子は読みかけの本を置き、ソファーから立ち上がった。使用人は、吉二郎が子どもの頃から家にいたという徳松《とくまつ》夫婦が屋敷の勝手口とつながっている離れの部屋で寝泊まりしている。もう六十歳は過ぎている小柄な夫婦だ。

この屋敷を作った最初の頃は、社交場にもなっていたので――だからこんな無駄に豪華な造りなのだ――当時は通いの使用人もいたし、警護の者もいた。今でも、年に一度か二度、会社の関係者を招いて食事を振る舞うこともあり、その際には手伝いも増える。けれど、普段は、この大きな屋敷に、ほとんど桜子ひとりなので、徳松夫婦だけで十分ことが足りた。子どもが出来たら人を増やそうなんて話していたが、全くその様子はない。

退屈、毎日退屈、そしてひとりでずっといて、寂しい――桜子は、ひたすら本の世界で遊んでいた。外に出るのも億劫《おっくう》であるし、友人もいない。芝居などに行くのは良家の妻のすることではないと夫の兄の妻に言われたし、何よりも夫の「桜子を他の男の目にふれさせたくない」という願いにより外出できなかった。

少し前の話だが、時の総理大臣がパーティで公爵夫人を無理やり手籠《てご》めにして、その代償として公爵に役職を与えたと新聞で報道されたことがあった。きっとその影響もあるのだろう。自分の知らない間に、桜子に人と知り合って欲しくないらしい。

吉二郎と結婚するとき、既にその両親は亡くなっていたので、うるさくなくていい――姑《しゅうとめ》と折り合いが悪く苦労した自分の母は、羨《うらや》むかのようにそう言ったが、代わりに面倒な兄嫁がいるのは予想外だった。

桜子は昼間はほとんど毎日家の中で過ごしている。退屈すぎて、本を読みながら眠ってしまうことも多くて、どうしても夜に目が冴《さ》えてしまう。夜の十一時、本来ならばもう二階の寝室のベッドに入ったほうがいいのだが、どうせ眠れない。ソファーで本を読んでいると眠くなるのに、寝間着を身に着けて布団に入ると目が冴えるのは、ベッドが広すぎるからだ。

吉二郎は今晩は帰ってくるだろうか、また会社に泊まるのか、いや、それとも――。

桜子は徳松夫婦に気づかれないようにと、音を立てずに玄関の扉を開く。こうして夜に、ふらりと外に出るようになったのはここ一年ぐらいだ。そうは言っても遠くに行くわけでもなく、屋敷の前にある桜の樹を眺めるだけだ。その桜に花がなく、死人のような樹肌を曝《さら》け出している季節でもかまわない。

この辺りは賑《にぎ》やかな街から外れて、閑散としている。民家や畑があり、その中にこんな豪奢《ごうしゃ》な三階建ての屋敷が建っているのは不自然だし目立つ。かつては都の中心だったらしいが、寂れ、今も、明治の近代化を推し進めるために立派な建築が立ち並ぶ辺りとも離れている。殺風景と言っていい。そんな場所に、この家は不似合いだった。

桜子の名前にちなんだ場所だから、ここを選んだ――夫は恩着せがましいほどに、そう口にする。だからと言ってこんな寂しい何も楽しそうなものがない場所にと思ったけれど、口に出せるわけがない。口答えなど、許されない。夫の言うことすることは全て受け入れるつもりで嫁いだのだから。

もともと、一方的に夫により決められた結婚だったが、それに異存はなかった。両親も喜んでいたし、自分だとていい話だと思った。好きな男がいたわけでもないし、どうせこの先、見合いでもするのだろうとは思っていた。そうやって流されてここに至った。迷いも躊躇《ためら》いもなかったのは、いつか子どもが生まれて自分は母親になる未来を信じて疑わなかったからだ。

外は冷たい空気に支配されていた。桜子は生まれてこの方、京の町から出たことがないので、夏の暑さも冬の寒さも当たり前のものだと思っていたが、仕事であちこちに出かける夫からすれば、京都の寒さは特別だという。まだ十月の終わりだが、夜は冷えて指先が冷たい。徳松夫婦や夫に万が一見つかれば、風邪をひくし、こんな夜に女がひとりで歩くのはおかしいと怒られるだろう。けれど桜子はこの冷たい空気が好きだった。身体が冷えていく感じも、まるで自分が凍って別のものになるような気がして楽しくもあった。

別のもの――それが何なのかは、わからないけれども。

死んだように静かにそこに佇《たたず》む桜の樹を目指して歩く。黒い羽織だから闇に紛れているだろうか。

桜子は桜の樹の下にたどり着き、ざらついた木肌にふれる。桜が好きだというと、誰もがあの華やかな色を湛《たた》える春咲く樹を思い浮かべるが、この花も葉もない剝《む》き出しのままの樹のほうが本当は好きなのだ。

桜子が息を吐くと、白い靄《もや》になる。冬になり、年を越え、桜の咲く春になり、また年を重ねていく。退屈な日々を繰り返して、このまま過ごしていく。そうして死を待つだけなのだろうか。

退屈だ――一度だけ、実家の母にそう漏らしたら、ひどく叱責《しっせき》された。

「お前は贅沢《ぜいたく》だよ。私がどれだけ苦労したと思うか。姑は厳しく、家は貧しく、私は子どもたちの世話を誰の助けも借りずにやってきて暇などなかった」

桜子の実家はもともと武家とは言っても貧しかった。特に明治になり身分制度が廃止されてからは食うにも困った。だから吉二郎との結婚を望んだ。支度金という名目で金が渡り、両親は喜んだ。つまり自分は売られたのだ。

確かに生活は裕福で、吉二郎は自分と、子どもの将来のためにとこんな立派な屋敷まで建てた。使用人がいるから家事もする必要がなく、夫の兄嫁のことは好きではないが、一緒に住んでいるわけでもない。母が贅沢だと怒るのも無理はない。

何よりも吉二郎さまはお前を大事に思ってくださるじゃないか——母はいつも最後にはそう口にする。

吉二郎は、桜子に一目ぼれして望んで嫁に乞《こ》うて、家まで建ててくれた。他人が見たら、幸せな女だと誰もが口にし羨むだろう。

だから何も望んではいけない——夫も母も、結局はそう言いたいのだ。

桜子は桜の樹にふれたまま、目を閉じる。何も望むな、夢など見るな、夫に不満を持つなと自分に言い聞かせながら。

夜の冷たい空気を大きく吸い込みながら、目を開ける。

桜子は息を呑《の》む。

白いものが、いる。

いつからそこにいたのだろうか、白く大きなものは音を立てずこちらに近づいてくる。けれど桜子は怖いとは思わなかった。見惚《みと》れていた。白いものは、人間だった。洋服なのか着物なのかわからぬ白い布を纏《まと》い、驚くほど肌が艶《つや》やかな背の高い男――彫りの深い顔は、屋敷でパーティを開いたときに訪れたロシアの大使を連想させた。それにしても、白い――月の明かりをそのまま浴びて、その男自身が光を発しているようだった。

桜子は近づいてくる男から逃げることもせず、じっと見つめていた。けれど男の目は虚《うつ》ろで、桜子を見ていない。

桜の樹にたどり着こうとした瞬間、男が膝《ひざ》から崩折れた。

桜子は男に近づく。男の白い衣服が土で汚れてしまう。伏した男の背に手を置いて桜子は声をかける。

「大丈夫？」

桜子の声に、男は顔をあげて口を開く。

「申し訳ありません……何も食べてないもので」

はっきりとした日本語だった。訛《なま》りもない。

「ここで待ってて」

桜子は立ち上がり、屋敷に戻る。もう徳松夫婦は寝ているだろうけれど、緊急だ、仕方がない。桜子に起こされ、徳松夫婦が桜の樹の下に来た。人が倒れているから食べ物を――桜子の言葉にふたりは最初は怪訝《けげん》な顔をした。行き倒れなどに構うなと思っているのだろう。無理もない。

「外は寒いし、放っておくと死ぬかもしれへん」

桜子がそう言って懇願した。「家の前で死人など出たら、不吉だし、旦那様《だんな》に怒られるかもしれない」夫婦も、そう納得したようだった。

けれど三人が力を失い臥《ふ》せっている男のもとに来たとき、桜子は違和感を覚えた。さきほどは目にしなかったものがいる。黒くて丸いものがいた――女だ。

黒い服に身を包んだ小太りで背の低いひどく猫背の女が、白い男の隣にうずくまっていた。さっきは確かにいなかったのに――。

女の目も虚ろで、寒さのためなのかガタガタと震えて歯をならしていた。

徳松夫婦と桜子が手をかして、男を立ち上がらせ屋敷の中にいれた。黒い服の女は無言でついてくる。

朝食用のパンと、残り物の飯で作ったおかゆを食べさせ、とにかく今晩は休んで明日事情を聞こうということになり、桜子は徳松夫婦に早く寝室に入り眠るように促された。行き倒れの男女はかつて警備の人間たちが寝泊まりしていた玄関に一番近い部屋に通された。

桜子は寝間着に着替え、ベッドにもぐりこむが、眠れるわけがない。背の高い男は、今読んでいる西洋の物語に登場する王子の容貌《ようぼう》にそっくりだった。

それにしても、いつからあの女はあそこにいたのだろう。

翌日、湯にもつかり衣服を着替えた行き倒れの男女は、起きて朝食を食べに階下に降りた桜子に丁寧に礼を言った。男のほうは名前を李作《りさく》、女のほうは梅《うめ》と名乗る。ふたりは夫婦で、日本海のほうの村からやってきたのだと聞いた。貧しい村で、仕事もなく、京都で梅の叔父《おじ》の商売の手伝いをやろうとして出てきたのだが、梅の叔父が急死して行き場所を失ったのだ。泊まるところもなく、手持ちの金も尽きて困っているのだとふたりは話した。

男——李作はやはり美しかった。柔らかな茶色の髪は、外国の室内犬を連想させた。肌は白くなめらかで、切れ長の目の中の瞳《ひとみ》は青みがかっている。厚めの唇の狭間《はざま》から見える舌が艶《なま》めかしい。梅のほうは風呂《ふろ》に入り衣服を改めたせいか、昨日よりはましだと思ったが、くすんだ女だとしか桜子には思えなかった。顔立ちは悪くないが、雰囲気が暗いのだ。どうしてこんな不似合いな夫婦なのだろうか。

「まだすぐ動くのはしんどいやろうし、しばらくゆっくりしてください」

桜子が親切心を発揮し、そう口にすると、李作の目は感謝の色を湛え自分を見ていた。

徳松夫婦は、吉二郎になんていえばいいか……と心配げだったが、桜子が自分が伝えるからと納めた。吉二郎は許してくれるはずだ。あの人は優しく、善人で、何よりも私を愛してくれているはずだから。

翌日の夜中に吉二郎は帰ってきた。桜子はベッドに入って、酒の臭いのする夫を迎え入れた。今日もまた、きっと接待という名目で誰かと会っていたのだろう。けれど、ちょうどいい。桜子は簡単に、夫婦の行き倒れが屋敷にいると伝えた。とても困っている様子だから放っておけなかったのだ、と。

「桜子は優しい女だ」

最初は驚いた様子だった吉二郎も、桜子が必死に「可哀想な人たちやから」という言葉を涙ぐみながら繰り返すと、「わかった。だけどずっとは駄目だぞ」と、了承してくれた。これが吉二郎の兄なら絶対に許さず、弟の警戒心の無さと人の好さを詰《なじ》るだろう。どうせ夫はほとんど家にいないから、あの夫婦と顔を合わすこともない。

李作と梅の夫婦は、「休んでいたらいい」と言ったのに、翌日から徳松夫婦を手伝いはじめた。六十歳半ばを過ぎている徳松夫婦は、身体の不調を訴えることも増えていたのだが、大柄で力のある李作と、細やかなことに気づく梅に助けられた。ちょうど、その頃、徳松夫婦の妻のほうが腰の痛みを訴えていて、梅が家事を代わって行ったのだが、梅の料理が見かけも味も見事なことに桜子は驚いた。

　しかもちょうどその夜は、珍しく吉二郎が家にいて、一緒に食事をしたのだが、あちこちで毎晩のように美食を味わっているはずの吉二郎が「美味《うま》い」と、称賛をした。梅が作ったものは、なんてことはない家庭料理だったが、丁寧に作られていたし、何よりも吉二郎の口にあったのだ。後になって知ったのだが、梅は、吉二郎が子どもの頃に食べていた母親の薩摩の味付けも作れるのだ。

「懐かしい、母親の味だ。感激だ」

　吉二郎が、そう感嘆していたほど、梅は器用に料理をこなした。梅も吉二郎に称賛されて嬉しいのか、そのときだけ笑顔を見せた。最初は暗くて不気味な女だとしか思えなかったのだが、幾分ましに見えるようになったのは吉二郎に必要とされたからだろう。

　最初は数日のはずだったのだが、李作と梅の夫婦は徳松夫婦の手伝いという名目で、一週間経っても屋敷にいた。誰も出ていけと言わないし、本人たちも出ていくと口にしなかった。実際に徳松夫婦は李作と梅を気に入っていたし、桜子も、話し相手ができたのだ。

　梅は必要最低限のことしか話さなかったが、李作という男が本もたくさん読み教養があることに桜子は驚いた。桜子が読んだ本は、全て李作も読んでいた。そして若い頃は、あちこちに旅をしながら商売をしていて英語も話せるという李作は、この屋敷に閉じこもってどこにも行けない桜子が感嘆するような光景を語ってくれた。

「北のほうにも行った。この国の一番北、海しか見えないところ」

「私は、海を見たことがあらへんの。ずっとここしか、知らへんから」

「いつか奥様も、海を見るといい。人間の存在を全て呑み込んでしまう、そんな怖さを感じる、けれど、深く、美しい海を。京の街からだと、そう遠くない」

「そやけど――」

私はここから、出られへん――桜子はその言葉を口にしかけて抑えた。自由には、ならないのだ。

李作の話は、桜子にとって心が躍るものばかりだった。退屈でたまらなかった日々が李作のおかげで変化した。

李作と梅の夫婦がやってきて一ヶ月になろうとしているある日、徳松夫婦が、自分達は引退するから、代わりに李作と梅の夫婦にこの家の使用人になってもらうのはどうかと桜子に相談してきたときに、内心の喜びを隠しながら承諾した。

李作と梅の夫婦は若いからよく働くし、遠慮なく力仕事も頼むことができた。梅はどこで覚えてきたのか、和食だけではなく西洋の料理や中華料理も器用にこしらえ、そのせいか、吉二郎が以前よりまめに帰るようになったし、たまに訪れる来客たちも絶賛していた。

ただ桜子は吉二郎が帰ってくるようになっても、嬉《うれ》しくはなかった。話すことがないのだ。吉二郎は桜子のように物語を読まない。仕事に関する本しか手にとらない。仕事の話をされても、桜子はわからないし、吉二郎もそれは承知だ。

だからふたりでいても、そう楽しくはない。いや、吉二郎は言葉を交わさなくても一緒にいるだけで心が安らぐと言ってはくれた。

「桜子がそばにいてくれるだけで満たされるよ。愛しているから」

あれは月が異様に明るい夜だった。梅の作った食事をたいらげた吉二郎に、桜子は久しぶりに抱かれた。唇を合わせ、桜子の身体をまさぐり、濡《ぬ》れていることを確かめると吉二郎は桜子の中に入ってきて腰を動かす。

桜子のほうからふれてみたいと思ったこともあったけれど、一度、それをしようとすると、「そんなことは商売女のすることだから、桜子はしてはいけない」と、咎《とが》められた。じゃああなたは商売女がどんなことをするのか知っているのね——そう思ったが、口にはしない。桜子は黙って夫に従うだけだ。

吉二郎が自分の中で動くと、潤いが奥から溢《あふ》れてくるのがわかり、桜子は声をもらす。まだこの時間は一階で李作と梅が後片付けをしているかもしれないから、大声を出しては聴こえてしまう。

「桜子——愛しているよ」

吉二郎の息が激しくなり、身体ごと覆いかぶさってくる。終わりが近づいてくる合図だ。桜子は頭の中で今度こそ子どもができればいいと考える。奥まで届けばいい、たどり着いて欲しい。

「欲しい」

そう桜子が口に出したのは、子どもが欲しい、という意味だ。その言葉と同時に吉二郎が唸《うな》り声を発して桜子の中に射精した。

吉二郎は裸のままで、鼾《いびき》をたてて寝入っている。よほど疲れているのだろうということはわかる。そんななかでも、桜子のためにと、無理して抱いてくれたことも理解はしている。

桜子は窓から入り込む月明かりの中で、しばらく吉二郎の寝顔を見ていた。これから自分たちはどうなるのだろうか。子どもはできるのだろうか——もし、できなければ、これから先、この退屈な生活に耐えられるのだろうか。

まだ三十歳になる前なのに、吉二郎は出会った頃よりはずいぶんと老け込んでいるように見えた。商売が順調なのはいいことだと、桜子は自分に言い聞かせる。仕事なのだから、つきあいも仕方がない、と。つきあいで、他の女を抱くことも。

桜子は気づいていた。吉二郎には女がいる。帰ってこない夜は、多分、女と遊んでいる。最初に耳にしたのは、徳松夫婦が台所で話しているのを廊下を歩いていて聞いてしまったときだ。

「――なんでももともと祇園《ぎおん》の芸妓《げいこ》だった女らしいわ。世話になっとった男が死んで、うちの旦那様が面倒みはじめたんやて。あの界隈《かいわい》の人間は皆知っとる」

「お金持ちの男は、妾を持つのはよくあることやけど、桜子さまも寂しいやろうなぁ。子どももおらんと、ああして一日中、本を読んだり寝てばかりで……」

男とは、そういう生き物だ――昔、父が何かの拍子にそんなことを口にしていたのを桜子は思い出した。けれど、吉二郎は違うと、何故か信じていた。だって、吉二郎は大事にしてくれると誓って、私を嫁にもらいたいと頭を下げてきたもの。大事にするっていうのは、私ひとりを愛してくれることじゃないのだろうか。

自分は外で遊んでいて、私は家から出さない――それも男だからという理屈で、許されるのだろうか。

とはいえ桜子もわかってはいた。お金や権力を手にした男たちは、競うように女を手に入れようとする。まるでそれが自分の武器であるかのように。

吉二郎の兄だって、妾はいる。だからこそ、兄嫁があんなにもいつも苛立《いらだ》って人のことに構いたがる。

桜子はベッドから抜け出した。さきほどまで潤って熱を帯びていた身体はすっかり冷めていた。眠れる気がしないので、外の空気を少しだけ吸おうと羽織を被《かぶ》り、音を立てぬように気をつけて寝室を出る。手すりを持ち、足を踏み外さぬように階段を降りる。吹き抜けになっているので、天井に近い窓から月明かりが入る。

明るいというよりは、赤い――桜子はそう思った。今日の月は、異様に赤い。もしかしたら自分の目のほうがおかしいのかもしれないと桜子は気にすることをやめる。

李作と梅の夫婦も片づけが終わり、離れに戻ったのか屋敷は静かだ。あのふたりも、夫婦の営みをするのだろうか。当たり前だ、夫婦なのだから。けれど、自分たちのような子どもを作るための営みではないような気がする。何しろ、李作の身体はたくましく、力がみなぎっているように桜子には見える。

夜だから、そんなことを考えてしまうのだろうか――桜子は恥じて、かぶりをふる。はしたない想像だ、使用人夫婦がどんなふうに寝ているか考えるなんて。

桜子はそっと玄関の扉を開けた。冷たい風が顔に当たる。秋の終わりに李作たちがやってきて、もう今は冬だ。なのに今年は雪が降らない。

桜の樹の方向を向いて、桜子は大きく息を呑んだが、すぐにそれは李作だとわかる。最初に出会ったときと同じ白い服を着た李作が樹の下に立っていた。

「李作」

桜子は、早足で駆け寄る。

「何してるんや、こんな夜中に」

「奥様こそ」

「私は、外の空気を吸いに来たんや」

「寒いのに──」

そう言うと、李作は桜子の頬に手を添えた。大きな手は熱を帯びて、冷えた肌に心地よい。

「そうか、最初に奥様に助けてもらったのは、ここだった。あのときに、奥様が私を見つけてくれなかったら、あのまま野垂れ死んでいたかもしれない。奥様は命の恩人だ」

それは大袈裟《おおげさ》だと桜子は思ったが、感謝されると嬉しいので黙っていた。

「梅は？」

「もう眠りました。私は月が明るすぎて眠れないので。奥様と同じです、外の空気を吸おうと」

普段からこの辺りは静かな場所だけれども、夜は音が消えてこの世ではないみたいだと桜子は思った。

「旦那様は、なぜここにこんな立派な屋敷を？」

李作が問うてきた。

「千本通――千本の桜の樹が植えられていたと言われて、私の名前が桜子やから、それにちなんで――」

「寒いでしょう、もっとこっちにおいで」

李作に言われ、桜子は樹に近づく。李作の胸が目の前だ。ふわりと、李作は自分がかぶっていた白い布の片方を桜子にかぶせる。桜子は身体を李作によせるしかない。布ごしに李作の手が桜子の肩を抱く。

本来なら使用人の男が女主人にして許されるような行為ではないはずなのに――桜子は李作の手を払いのけることができない。ただ、胸の鼓動が速くなるのは感じていた。

「でも奥様、ここは桜ではなく、千本の卒塔婆《そとば》が並んでいたからという話もあるのですよ。この先には、蓮台野《れんだいの》という、死者を葬る場所がありますから」

桜子の身体に鳥肌が立ったのは、死者や卒塔婆という言葉ではなくて、耳元でささやかれた李作の声が、ひどく艶めかしいせいだ。

「それに、ここは宴の松原だ」

「え？」

「ご存じありませんか？　平安時代、鬼が出たと言われる場所です。女房たちがここで男と出会い、ひとりの女が誘われるがままに男のほうに行く。女が帰ってこないので、様子を見に来ると、そこには喰《く》われた女の手足が――」

「怖い」

桜子はそう言って、李作の胸にしがみついた。

千本の卒塔婆の話は知っていたが、鬼の話は初耳だ。いや、宴の松原の鬼の話は、何かの本で読んで知っていたのだけれども、まさか自分がその場所に住んでいるとは知らなかったのだ。

「怖がらせてすいません。昔の話ですよ、昔の」

そう言いながら、李作は桜子を抱きしめる。

「怖い――」

桜子はそう口にして李作にしがみつきながらも、恐れているのは鬼ではないのはわかっていた。李作の身体の熱が桜子の肌に伝わる。さきほど夫の男の精を受け入れたばかりの臍《へそ》の下の熱は火がついたようになっている。李作の匂いは、夫の匂いとは違う。夫は煙草も吸わぬし、汗もかかない。李作の匂いは、もっと血の匂いに近い、濃い男の匂い。

「鬼なんて怖くありませんよ。そもそも鬼なんて、いない。人間が考えたものです」

「人間が？」

「鬼は人間です。人間の中の恐怖だったり嫉妬《しっと》だったり、そういう負の感情が作りだしたものです。鬼なんていませんよ、だから、怖くない」

そう言って、李作が桜子を抱く腕の力を強めるので、桜子は声が出そうになるのを抑えた。下半身に力が入らない、崩折れそうだった。

「さあ、もう戻らないと。冷えて風邪をひいたらいけませんから」

李作は容赦なく、桜子から離れた。

桜子はそのままそこにいたかったが、仕方なく玄関に向かい、屋敷の扉を開ける。身体に李作の匂いが残っている気がして、下腹部が熱を帯びている。


吉二郎が死んだのは、その翌年の春になろうかという頃だった。桜の蕾《つぼみ》が大きく膨らんでいた時期だ。

東山《ひがしやま》の白川《しらかわ》で遺体が発見された。溺死《できし》だったが、白川は浅くて幅も狭い川で、間違っても溺《おぼ》れて死ぬような川ではない。泥酔して足を滑らしたのではないかということになった。

白川には細い柵《さく》の無い橋がある。酔って夜にそこを歩くのは危険だ。吉二郎の死体はその橋のそばにあった。

場所は、吉二郎が囲っていた芸妓の家の近くで、そこにいたのではと言われたが、女は否定した。その日は夕食は社長である兄と、取引先の貿易商との会食が祇園であったが、解散したあと、吉二郎は「少し酔い覚ましに散歩したい」と言っていたと聞いた。

事故と判断され、葬儀が行われた。屋敷で行われた葬儀には、多くの人が訪れた。

桜子は、朝方に夫が死んだとの連絡があっても、現実味がなく、「はぁ」としか兄嫁からの電話に答えられなかった。

普段、桜子に厳しかった兄嫁は意外にも桜子の身を心配し、葬儀の段取りを取り仕切ってくれた。吉二郎の兄も、桜子の両親も、不幸な事故により未亡人となった桜子を気遣い続けてくれた。

その人たちの助けにより葬儀を終えたあとも、桜子はぼんやりとしたままだった。皆は、桜子が悲しみのあまり呆然《ぼうぜん》としていると思っていたようだが、いきなり「死んだ」と言われても、どう受け止めていいのかわからないのだ。

悲しいのかどうかも、わからない。

女が訪ねてきたのは、吉二郎が亡くなって十日経ち、ようやく周辺が落ち着こうとしている頃だった。

日本髪を結い喪服に袖《そで》を通した女は、桜子が予想していた以上に年を取っていて驚いた。三十はとうにこえているだろう。女の顔には疲労がにじみ出ていて、美しいとは思えなかった。

「お道《みち》と、申します。吉二郎さんには生前、お世話になりまして、せめてお線香を」

女が多くを語らずとも、桜子はその女が吉二郎が囲っていた女だというのはすぐにわかった。

屋敷には仏壇は不似合いだから、置いてはいなかった。ただ、居間に吉二郎の写真を置いて花は供えてある。お道を案内すると、じっと手を合わせていた。

「お道さんね、こちらこそ、夫がお世話になりました。御礼を申し上げます」

桜子はそう言って、頭を下げた。何の感情も湧かなかった。生臭い話ではあるが、ここでお道に対して手切れ金のようなものを用意するべきかどうか考えていた。世話をしてくれた男が亡くなって、きっとこの女は途方にくれているはずだ。妾のその後にも気遣いをすることが本妻の役目だと思っていた。けれど、急な死に方だし、どうその話を切り出していいのかもわからない。

ただ、ひとつ、お道に確かめたいことがあった。

「お道さん、旦那様は、あの夜、本当にあなたのもとには行かへんかったんやろうか」

合わせた手を戻したあとも、じっと吉二郎の写真を眺めるお道に、桜子はそう問うた。

「警察の方にもお話ししましたが……しばらく吉二郎さんとはお会いしていません」

そう答えるお道の声は、震えていた。哀しみが宿っているのがわかる——桜子の感じることができない哀しみが。

「うちとは、別れるつもりやったんです、きっと。桜子のそばにおらなあかん、子どもが欲しい、桜子のために、寂しがらせてるのが、つらいって、言うてはったから——」

お道は懐からハンカチを取り出して目頭をおさえる。まるで芝居のようだと、桜子は思った。

「奥さんのこと、大切にしてはったんどす……。それだけは伝えなあかんて思うて、よせてもらいました」

堪えきれなくなったのか、お道はすすり上げだした。桜子はやはり何の感情も湧かず、お道の今後のための金を渡すべきだろうかと考えていたが、それを今、自分から口にしたら、お道は怒るような気がしたので黙っていた。

桜子が李作に抱かれたのは、その翌日の夜だった。

「窓が調子悪いみたいで、閉まらへん」

そう言って、桜子は李作を寝室に招いた。梅は朝が早かったせいか、既に寝室で休んでいた。

李作が寝室に入り、窓の傍に寄る。窓枠に手を伸ばす前に、桜子は李作の大きな背中に後ろから抱き付いた。

「奥様」

李作はそう言って、いったん、桜子の身体を離し、今度は自分から抱きしめた。こうなることは、わかっていた。そして、夫が亡くなった今、心おきなくふれられる。

一刻も早く、李作と抱き合いたかった。それは、あの日、桜の樹の下で、初めてこの男を見たときからそうだった。自分の寂しさを埋めるのは、自分を愛しながら縛りつける夫ではない、この、いきなり現れた得体のしれない男だった。下腹部に熱をもたらし、雄の獣の匂いを漂わせる男だ。獣に抱かれ、自分も獣になりたくてたまらなかった。

李作は桜子の唇を吸い、舌を入れた。からみ合う舌から、音が漏れる。桜子はそのままかつて夫と寝ていた特注の大きなベッドに押し倒された。

「本当は、奥様はずっと俺のことが欲しかったのでしょう――」

李作が桜子の耳元でそう言った。

桜子は返事の代わりに、李作の背に手を回し、強く引き寄せる。

もう一度舌をからみ合わせたあと、お互い裸になり抱き合った。李作が身体をずらし、桜子の下半身へ顔がたどり着く。桜子は身体をのけぞらす。夫はそこを見たこともなかったし、ましてや口をつけるなんてことはしなかったのに――。

羞恥心《しゅうち》はあったが、それ以上に、快感を求めていた。そして李作は桜子の想像以上の悦びを与えてくれた。桜子は耐え切れず声を出した。夫との営みのときとは比べられないような大きな声を――きっと屋敷中に響いているはずだ。夫の魂がもしもまだこの屋敷にいるならば、聞こえている。

けれどこれは裏切りではないもの、夫はもう死んでしまったから、私は自由なのだ――。

桜子は喉《のど》が嗄《か》れるほど声をあげ、自分から求めて李作の性器を口にした。これも夫とはしたことがなかったのだ。はしたない行為で、商売女のようだからと、止められた。

李作と桜子は身体を互い違いにし、お互いの性器を口で貪《むさぼ》った。醜悪な獣のようだと思った。もしも誰かにこんな姿を見られたら、はしたないどころではない、軽蔑《けいべつ》されるだろう。

それでもいいのだ、私は、この男と肌を合わせたかったのだから――。

私の孤独は、この男の身体でしか埋められない——そう思っていたのは、間違いではなかった。私の欲しいものは口先だけの愛やお金ではなくて、男の身体だ——。

李作が桜子の身体をひっくり返し、うつ伏せにした腰を浮かす。桜子は尻《しり》を李作のほうに突き出した格好になる。

「欲しいか」

「……欲しい」

桜子の返事を待つまでもなく、さきほどまで桜子が口にしていた李作の男根が侵入してきた。その衝撃に桜子は声をあげる。自分の粘膜を満たす、襞《ひだ》のひとつひとつまでからみつく男の肉の棒がこすれる感触に全身に鳥肌が立った。

獣の形のまま、李作は腰を動かし、桜子は声をあげて泣いていた。

私は寂しかったのだ——。

口だけの愛をささやく夫よりも、もっと確かなものが欲しかった——。

夫が死ぬことにより、私はこの男を手に入れた——。

桜子の今の雄叫《おたけ》びと涙は、悦びだった。

「そんなにいいか」

「いい——死にそうや……こんなんはじめてで」

「死にたければ死ねばいい」

男の動きが速まっていく。

「あなたが殺して――」

桜子は無意識にそう口に出していた。


吉二郎が亡くなって半年近くなり、秋の紅葉が色づきはじめた頃、夫の兄の重一郎とその妻が、「この先、桜子さんは、どうしたいの」と、話をしてきた。この屋敷を離れ、父母のいる実家に戻るのを勧めているのは察した。このまま未亡人として屋敷にいても、寂しいだろう。まだ若いのだから、実家に戻り再婚先を探すこともできるのだと。

どこまでふたりが言葉通りに自分のためを思って言ってくれているのか実際のところはわからない――そう思いながら、桜子は黙って話を聞いていた。

「桜子さんが幸せになってくれたほうが、吉二郎さんも喜ぶと思うんや」

兄嫁がそう言ったときは、何がわかるんだと反論したくなったが、抑えた。

吉二郎は、私が幸せになったら、喜んでくれるだろうか――確かに夫は私を愛していたし、彼なりに大事にしていたつもりなのだろう。それはわかっている。けれど、私が欲しいものは、そうじゃなかった。だって私はずっと寂しかったんだもの。

「お腹の中に、吉二郎さんの子どもがおるんです」

桜子がそう言って腹に手をやると、義兄夫婦は驚きの表情を作り、そこに戸惑いの色も浮かべた。

「そやから、実家には戻りません。ここで子どもを育てます」

「おめでとう」

義兄はまだ戸惑っているようだったが、兄嫁は桜子の手をとって、そう言った。

「吉二郎さんの忘れ形見やね……彼は子どもを残していってくれたんやね」

そう口にした兄嫁の目は潤んでいるようだった。

「吉二郎にはいろいろ助けてもらった。だから、子どもの面倒もできる限りのことをするよ。桜子さんはとにかく身体を労《いたわ》りなさい」

義兄もそう言って、ふたりは帰っていった。

桜子は義兄夫婦を見送ると、階段を上がり寝室に戻った。ベッドで横になると、扉をノックする音が聞こえた。

「入ってきたらええで」

声がなくても、足音だけでわかる。李作が扉を開けて寝室に入ってきた。

「吉二郎さんの子どもができたって言うたら、ふたりとも全く疑うことなく帰っていったわ」

桜子はベッドに横たわったまま、そう口にする。

「奥様は、本当にそれでいいのか」

李作が桜子の頬に手を添える。

「私が望んだことや」

桜子は李作の身体を引き寄せる。

「お腹にさわる」

「大丈夫や」

桜子はそう言って、覆いかぶさる李作の唇を吸った。

＊

李作は桜子の唇を吸いながら、背筋に誰かが冷たい手をおいているような感覚を覚えていた。視線も感じる、さきほど「お腹にさわる」と言ったのは、桜子の腹の中の子が心配というよりは、この部屋にいるものの気配を感じたからだ。

今はじまったことではない。李作がこの家に来た当初からだ。だけどそれを恐れることはなかった。子どもの頃から、李作はそういった生きていないものの気配に敏感だった。ただ当たり前に感じるから恐怖はない。はっきりと目にすることは、滅多にない。

この屋敷に世話になりだしてから、それまでに自分に憑《つ》いてきたものではなく、新たな何かがいるのは知っていた。新築の屋敷なのに巣食うものがいるのは、家ではなく土地そのものに憑いているのか、あるいはこの家の住人に憑いているのか――それはわからない。

吉二郎が死んで桜子と関係を持ち始めてから、それらは「濃く」なった気がする。だから今は、たまに、見えることがある。人の形すらしていない、黒い靄のようなものだけれども、部屋の片隅や、扉の隙間、桜子の背後に、ふと姿を現す。怖くはないけれど、桜子を抱くときにそいつらが現れるのは、気分のいいものではなかった。

吉二郎なのかとも、李作は考えた。けれどだからと言って、死者には何もできないことも李作は知っている。死者は気配を残し、現れることはできても、生者に対しては無力だ。生きているものが一番強いのだ。それは散々、人に恨まれ死者に憑かれてきた自分が誰よりも知っている。

桜子の腹の中にいるのは李作の子どもだった。桜子はほとぼりが冷めたら結婚しようと言っている。梅とは夫婦ではないことも桜子には伝えた。じゃあなんなのかとは桜子も聞かない。桜子はそういう女だ、俺の全てを受け入れる。今は俺さえいれば幸せなのだ。

李作自身も桜子に情が湧いているのは自覚していた。それだけが計算違いだったけれど、どうしようもない。自分の腕の中で桜子は必死に求め、あがき、悶《もだ》えた。全てを明け渡して向かってくる桜子を愛おしいと思ってしまった。

李作は桜子を抱きしめながら、ふと顔をあげた。

黒いものが、いた。

けれどそれは李作がたまに見かける何かの靄のようなものではなく、ぼんやりとだが人の形をしていた。人の肘《ひじ》から手首ぐらいの大きさに過ぎないけれど、あれは、人だ。

いや、人だろうか——頭の上にふたつ、何か尖《とが》ったものがある——角なのか。

李作はじっとそれに見入ってしまった。その様子を不審に思ったのか、桜子も身体を起こし、李作の視線の先にある窓の下に目をやる。

「どうしたん?」

「いや、別に」

「じっと見てるやんか。気にせぇへんかったらええのに」

その言葉で、李作は桜子の顔を見る。いつも通りの、穏やかな幼さの残る表情だ。

「なんかおるやろ」

「奥様——いや、桜子にも見えるのか、あれが」

そやから怖くもない」

「最初は違うもんやったんやけど、今は吉二郎さんや。私を憎んで離れへんのかなぁ。そやけど、私は悪ぅないで。寂しがらせて、他の女と遊んでたのは吉二郎さんやもん。そやから怖くもない」


桜子の声からは確かに恐怖は感じなかった。

「いや――桜子じゃない。俺を恨んでいるんだ」

李作は、そう口にした。

「吉二郎さんを、殺したから?」

桜子が何気なくそう言ったので、李作は驚いて桜子から身体を離す。

「桜子」

「殺したんは、李作か、梅やろ」

「何で、それを」

「最初から、李作がうちに、梅が吉二郎さんに近づく計画やったんか? 吉二郎さんは正直な人やからなぁ。梅の料理が美味《おい》しいいうて、それ目当てに帰ってくる日が増えたけど、料理だけやないのは察したで。そやからあの女の家に行く機会も減ったんや。あの夜かて、梅と一緒におったたんやろ。酔わせて突き落としたんは、梅ひとりやないやろ」

桜子は変わらない。少女のような、世の穢《けが》れを知らぬ顔をして、淡々と語る。その声には怒りも悲しみもない。

桜子は手を伸ばして、李作の身体を引き寄せる。

「桜子、お前は」

「殺してくれて、よかったんよ。私を寂しがらせる男なんていらんし……それに子どもが欲しかった。吉二郎さんとあのまま夫婦でおっても、子どもはできひんかった。私はあんたに抱かれたかったたし、子どもがどうしても欲しかってん。子どもを産まなあかんかったから——殺してくれてよかったんよ。なぁ、もっと抱いて、私を喜ばせて、私を寂しがらせんといて——」

桜子が李作の首に手を回す。

窓の下の黒いものは、動かず、じっとこちらを見ていた。

ああ、あれは鬼だ——李作は、そう思った。

頭にあるのは、二本の角だ。

そうだ、ここは、鬼が人を喰らった場所——。

李作は鬼から目をそらし、桜子の背に手をまわす。

俺は人を殺して鬼になったつもりだったが、俺より恐ろしい鬼が、この腕の中にいる――。

李作は桜子の腹の中にいるものが応《こた》えるように動いた気がした。


「梅」

桜子が眠りについたあと、李作は寝室を出て、台所に行くと、梅が包丁を砥いでいた。

「奥様は？」

「寝た」

「子どもがお腹にいると眠くなるんだよ」

梅は砥いだ包丁を目の前に持ち上げ眺めている。

「桜子は、気づいてる」

「何を」

「俺たちが旦那様を殺したことを。最初からこの家にいすわるつもりで現れたことも」

李作がそう言って大きく息を吐くと、梅は包丁を持ったまま口を開く。

「馬鹿な世間知らずのお嬢さんだと思ってたら、違うのね。で、どうする？」

梅は李作のほうを見ずに、包丁を眺めている。

「ただ、桜子は、『殺してくれてよかった』って言ってる。子どもが欲しかったし——」

「あんたと寝たかったからだろう」

梅は包丁をそっと砥ぎ石の上に戻した。

そうなのだ。最初の計画では、自分と梅とが屋敷に入り込み、自分が桜子に、梅が吉二郎に取り入り、吉二郎を殺して、桜子をものにして——そのあとで桜子を殺して梅とふたりで財産と屋敷を手に入れるという計画だったのだ。

「奥様があんたの子を孕《はら》んでしまったのは、予想外だったよ。子どもの産めない女だと思っていたのに」

「梅、俺は桜子を殺せない」

李作は、うつむいて、そう言った。

「惚《ほ》れたの？」

「そうじゃない——いや、確かに情はある。けれどそれ以上に、いや、桜子は俺が手をかけようとすると首を差し出すかもしれない。それぐらい俺に全てを委《ゆだ》ねている——無防備な相手は殺しにくい」

李作は口にするかどうか迷っていた。

桜子という女が、よくわからない。

死んだ夫が鬼になり、自分たちを眺めているのに、平気で男と交わろうとする桜子の心が不可解だった。壊れている女なのか、もともとそうなのか、いつからか壊れてしまったのか。

それにもし桜子を殺しても、あの鬼が屋敷に増えるだけではないか——そう思った。

「あんたが奥様に惚れて、あたしを捨ててこの家で子どもと三人で幸せに暮らす——そんなのは許さない」

さきほどまで砥いでいた包丁を、梅は再び手にする。

「そんなことできるわけないじゃない。だってあんたは人間じゃない、鬼なんだから」

そう言うと、梅はからからと笑い声を立てた。

「ねぇ、あんたはあたしの旦那も殺して埋めたじゃない。——人を殺すのははじめてじゃない、そうやって生きてきたから、そうすることでしか生きてこられなかったからって——だからあたしはあんたを家に導いた。あのときに、あたしがあんたは鬼だと言ったら、あんたは『鬼の女房になったお前も、鬼だ』そう言ったよね」

梅は笑顔のまま言葉を続ける。

李作の中で、村の記憶が呼び起こされる。日本海側《にほんかい》の、貧しい村。閉鎖的で、親が娘を犯すなどの近親相姦《そうかん》はざらにあった。李作自身も、兄と妹が交わってできた子で、何故か目が青みがかり、髪の毛も赤茶色で、色が白く、誰にも似ておらず、「鬼子」と呼ばれていた。

貧しいくせに、閉じられた環境の中で欲望だけは燃え盛る。育てることができないのに、村の人間はやたらと子どもを産んだ。そして食わせられずに、間引いて海に捨てた。そんなことが当たり前の村から、李作は物心ついたとき、一度、逃げた。

逃げて、あちこちで、生きるために悪いこともした。生きるためなら、何をしても許されると思っていたから、罪悪感など皆無だった。

けれど、何故か、村に帰ってきてしまった。家族を気にかけていたわけでもなく、海が恋しかっただけだ。そこで再会した幼なじみの梅を無理やり犯した。ただ、欲望のままに、梅の身体を欲した。梅の両親や兄は、昔、李作に対して軽蔑した目を隠さなかった。兄と妹の間に出来た、鬼子と――それを思い出し、梅をなぶってやりたくなったのだ。

そして梅の旦那を殺し、村を出た。

もう二度と、村には帰らない。

桜子には、決して想像もつかないであろう、あの、貧しく狂った村――本当は、日本には、そんな村がたくさんあるのだ。

金持ちで地位や権威がある人間たちが、見て見ぬふりをしているだけだ。

李作は、そんな人間たちを、憎んだ。

村を出た李作と梅は、この屋敷のことを知った。子どものいない、退屈な奥様の噂を――自分たちから一番遠い、一番憎んでいる種類の人間だと思った。生まれながらにして恵まれて、苦労を知らず、道楽でこんな豪勢な屋敷を作るほどに金が有り余っている人間――。

だからこの屋敷を手に入れようと決めた。

「奥様の人の好さにつけこんで、計画通りこの家に上手く入り込んだのに、あんたはその女に――」

梅は張り付いた笑顔のまま包丁を手にして、台所を出ていく。

「梅、何を」

李作は梅を追って、出ようとするが、女の叫び声に息を呑む。

桜子――李作が台所を出て屋敷の吹き抜けのホールに行くと、女が倒れていた。首のところを真っ赤に染めて、そこから血が流れ出て、刀が刺さっていた。女はまだ息があるのか、手足をばたつかせている。

梅だった。

「ここに嫁に来るときに、父からもらった刀や。武士の娘の嫁入り道具やって言うて……

昔はなんかあったときに自害するためのもんやったんやろ。父の言うてた通り、ようｩ切れるわ」

　桜子が浴びた返り血で白いネグリジェを赤く染めて立っていた。

「桜子、お前は」

「台所で話してるの、聞いた。私は、死にたくない。殺される前に、殺したんや。私は悪うない」

　顎《あご》や頬にも返り血を浴びている桜子は、いつもの愛らしい笑顔のままだ。

「なんで、私は夫が死んでも悲しくないし、こうして人を殺しても平気なんやろ――自分でもようわからん。この屋敷に来てから、退屈で退屈でしょうがなかったんやけど、退屈過ぎておかしくなったんやろうか――」

　李作はじっと桜子の顔を見ている。

　自分の子どもを孕む、平気で人を殺す女を。

「あの、桜の樹の下に埋めてな」

　当たり前に使用人に命令するかのように、桜子はそう言った。

　李作は頷《うなず》いた。

物置からスコップを持ちだし、李作は桜の樹の下に穴を掘る。夜になると冷え込んではいるが、薄ら汗をかいている。

「ちょうどこんな季節やったなぁ、お前を私がここで見つけたのは」

歌うように、桜子が言った。

「白い大きなものが現れて、驚いたわ。いつか話してくれた、宴の松原の鬼——あれも白いもんを身に纏ってたんやてなぁ。さっき梅が言うてたように、あんたは鬼やったんか」

「俺は鬼じゃない。人を何人か殺したけれど、それぐらいでは鬼にはならん」

李作はそう言い捨てながらも穴を掘る手を止めない。

「私もそう思う。李作は鬼なんかやない。私の子どもの父親やもの、鬼であるわけがない」

桜子は愛おしげに、自分の腹を撫《な》でている。

本当はお前は、俺ではなくてもよかったのではないか——自分に子どもを授けてくれる男なら、自分の寂しさを埋めてくれる男なら、俺でなくてもよかったのではないのか——。

自分たちはこの女を罠《わな》にかけて上手く嵌《は》めたつもりだったが、大間違いだったようだ。

穴を掘り終えると、梅の遺体を李作はそこに横たえる。手を合わせようかと思ったが、白々しい気がしたし、桜子の視線が気になった。

梅の遺体の上に土を載せると、どっと疲れが押し寄せてきて李作の膝が震えている。李作は膝を落とすと、大きく息を吐いた。

ふと背筋に氷を落とされたように冷えて、李作は振り向いて屋敷を見上げる。

一階の窓から、角がある黒いものが李作を見ていた。

「鬼が」

「なんや」

「鬼がいる」

李作の言葉に、桜子も屋敷を見上げる。

「あれは鍾馗《しょうき》様みたいなもんや、鬼の形した魔除《まよ》けの置物や」

「鍾馗様？」

「京都の家にはあちこち屋根の上に『鍾馗様』がおるんや。中国の故事にちなんだ魔除けの人形や。お寺で屋根の瓦《かわら》に桃の絵が刻んであるやろ？　あれも魔除けなんや。中国では桃には魔力があると信じられとるんや。夫がこの家を作るときにあの鬼を作ったのは誰に言われたかわからへんけど――この様々な異国の意匠がほどこされた豪奢な家の守りに極めて日本的な『鬼』を置くのはおもしろいって思ったんやて。そやからあれは鬼やないで」

違う、それじゃない――俺が言っているのは「鍾馗様」ではない――あれは違う――李作はそう思ったが、そもそもあの鬼の人形が屋根の上にあった記憶がなかった。

桜子は屋敷を作ったときと言っているが、どうして俺は見たことがないのだろう。

いや、確かに鬼がいる。あの窓のとこに腰掛けて、こちらを見ている。

あれは桜子の言うように、吉二郎なのか、それとも——別のものなのか。

「冷えたら赤子のためにならへん。うちは屋敷に戻る。李作も、片づけて着替えたら、寝室においで——待ってるから」

そう言って、桜子は李作に背を向ける。

鬼に喰われたのは、俺なのか——李作はそう叫びそうになった。

——桜子が寂しがらないように、この屋敷を建てたんだ——。

どこからか、吉二郎の声が聴こえてきたような気がした。

第二話　鬼の子

鬼はいつも僕の傍にいました。

部屋の片隅にうずくまっているときもあれば、まるで追いかけっこをするように、僕の後をついてくることもあります。

子どもの頃から、鬼が家にいました。

鬼の大きさは、いつも僕と同じぐらいです。つまり、僕が子どもの頃は小さくて、成長に伴って大きくなっていったのです。

まるで、双子の兄のように。

どうしてそれが鬼とわかったのか――角があるからです。鬼はときには雨雲のように曖昧《あいまい》な輪郭を持つこともあり、はっきりと人間のような形になることもあり、ただの影のときもあるけれど、一貫しているのは角が二本、頭に生えているのです。

鬼は口をききません。けれど、何か悪さをするわけでもなく、ただ、そこにいるだけなので、害など全くありません。

当たり前に昔からいるので、恐ろしいと思ったこともないのです。

ただ、子どもの頃に、母の桜子から「鬼のことは、他の人には言ったらあかんよ。あれはこの家の人間以外には、見えへんのだから」と言われたのを守ってきたので、こうして他人に話すのは、あなたが最初で最後です。

あなたも最初に訪れたときに、この家を、なんて立派なのと感嘆の声をあげていましたね。

明治時代のはじめにアメリカ人の建築家が設計したものですが、様々な様式の意匠が取り入れられています。

元薩摩藩士で京都に移り、陶磁器の輸出で財をなした祖父にはふたりの息子がおり、祖父亡き後、兄のほうが会社を継ぎ、弟も兄の手助けをしながら時代の波に乗り仕事を広げていきました。その弟により、建てられたのがこの屋敷です。

姉はその男と母の子ですが、吉二郎という名のその男は姉がこの世に生を受ける前に事故で亡くなったそうです。その数年後にもともとこの家の使用人だった男が、母と再婚し、この家の主人になっていました。背の高い、彫りの深い、まるで外国人のような容貌《ようぼう》です。この男が僕の父で、名を李作といいます。結婚して僕が生まれるまでにも何年か経っていますから、僕と姉は年齢が十五歳離れています。母が四十歳のときに僕は生まれました。

李作はどこで生まれたのか、どこから来たのかわからない男なので、母が再婚すると言ったときには、義理の伯父や母の両親もずいぶんと反対してやめさせようとはしたようです。けれど母は聞きませんでした。僕の母はおとなしそうに見えて、自分がこうと決めたらてこでも動かない意志の強い人です。何がなんでも自分の思い通りにしないと気が済まないのです。

母と結婚した李作は伯父の会社で働きはじめました。社長である伯父も最初は懸念していたようですが、李作――父は英語を話すことができたので、外国の方をこの屋敷に招いたり、またその容姿と共に男性的な魅力にもあふれていましたから、人を惹《ひ》きつけ、会社では予想以上の働きをしたようです。

この豪華な屋敷は、建てられた当初のように、人が多く訪れる社交場となりました。かつて総理大臣を務めていた人物などもこの屋敷を気に入って度々来るようになりました。そうして、欲の深い人間どもが集まってきたのです。

歴史をひも解いても金や権力のある人間は、もともと欲深く、求めるものが常識や倫理を超えています。地獄の餓鬼のように、貪《むさぼ》っても貪っても満たされないのですね。常に快楽を探しています。自分が知りうる以上のものが存在しないかと。そして見つけたならば味わわずにはいられないのでしょう。人間の欲望には、果てなどないのだから、絶対に満たされることはないのに。

そう、彼らは、餓鬼です。欲望に餓《う》えた鬼です。

きっと彼らもそれをわかっていながらも、突き動かされていたのです。快楽は刺激です。何もかも手に入れて世の中すら動かせる人間たちは、常に刺激を求めていました。もっともっと、激しい刺激的な快楽を、と。

お金や権力のあるところには、人やものが近寄ってきます。いいものも悪いものも、どちらもです。世界中から、金と権力のある欲深い男たちが、更なる遊びを皆で楽しもうと父に近寄り、仲間に巻き込んでいきました。

僕は父と一緒に遊んだ記憶は、ほとんどありません。父はあちこちを飛び回っていましたし、たまにこの京都の屋敷を訪れても、僕の相手などする暇はなかったのです。

この屋敷を訪れる人たちと酒を酌み交わし、「遊興の間」と名づけられた三階の和室――決して近寄ってはならないと言い聞かされていた――に籠《こ》もっていましたから。

父に来客があるときは、一階の奥の母と暮らしていた部屋から出ぬように言われていましたから、三階のあの部屋で何が行われているか子どもの頃は知る由もありませんでした。

とにかく父がいるときは、屋敷は騒がしかった、それだけは記憶にあります。

けれど普段は母と使用人たちしかおらず、静かでした。

友人もおらず、僕は幼い頃から、ひとりで遊んでいました。

姉は身体が弱くて、普段から離れの、かつては使用人の住まいだった部屋に閉じこもっていて、ほとんど顔を合わせることがありません。母は僕を可愛がってくれていましたけれど、どこか近寄りがたいところがありました。

父が不在のときには、本館の一階は僕の遊び場でした。普段は応接室なども堅く扉を閉められているので、入れません。だから赤い毛氈《もうせん》の敷かれた玄関ホールと、一階と二階をつなぐ階段の途中にある踊り場などで戯れていました。

両親の方針で、僕は他の子と遊ばせてもらうことができませんでした。母も、僕をあまり外に出したがりません。家庭教師のような人間が出入りしていましたが、遊び相手にはなりませんでした。

僕はひとりで影踏みをしたり、誰かがいるという設定で追いかけっこや、かくれんぼをしていました。ひとりですから、楽しくはないし、はしゃげばはしゃぐほど寂しくなります。

あるとき、そうだ、鬼がいるじゃないかと気づいたのです。

いつも家にいる、鬼が。

けれど、話しかける術《すべ》を知りませんし、そう気安く遊べるものではないというのもわかっています。ただ、ひとりで遊んでいる僕を、階段の片隅や手すりにもたれた鬼が、じっとそこから見ているのも知っていましたから、それだけで誰かと遊んでいるような気にもなりました。

いえ、実際に鬼は、僕の寂しさを察したのか、僕のあとを追いかけるようについてくるので、逃げながら僕ははしゃいでいました。


十歳になろうとした頃から、僕は自分の家がかなり特殊であるということを、今さらながら気づきました。きっかけは姉がいなくなったことです。

姉は子どもの頃の写真を見る限りでは、ふっくらとした愛らしい女の子でした。けれども僕が生まれた頃、つまり十五歳を超えてからの姉は痩《や》せこけて生気のない表情で眼が虚《うつ》ろで……ときには、母よりも老けて見えます。

姉は部屋から出てくることはほとんどありません。ときおりふらふらと姿を現しますが、僕は姉の姿を見つける度にぎょっとしました。姉の眼はいつも虚ろで、僕の姿など見えていない様子です。髪の毛は何年も櫛《くし》を入れてないように乱れ、頬はこけ、顔色は真っ白で、いつも口を開けて涎《よだれ》を垂らしています。

姉にも、鬼が見えているようでした。

吹き抜けのホールの片隅や、階段を指さして、「鬼がっ！　鬼がいる！」と金属をこすり合わせたような甲高い尖《とが》った声で叫んでいることがありましたから。

姉のさした方向には、確かに鬼がいました。

鬼は姉に指さされても、じっとしていました。僕と遊ぶときのように、動くことはありません。ただそこにいるだけです。そんなときの鬼には、表情らしきものは見えません。二本の角を生やした、ただ真っ黒な影でしかないのです。

鬼を見る姉の表情は、笑っているようにも恐れているようにも見えます。

鬼の存在よりも、僕は姉のほうが怖かった。姉は、鬼しか見えていない様子でした。僕と母の姿も、姉はまるでそこに存在しないもののようにふるまっていました。姉には近寄るなと母から言われていましたし、僕のほうから喋《しゃべ》りかけたことなどはありません。姉のなかには僕が存在していないのだから、仲良くしようとも思いません。

けれど、本心では悲しかったのです。ただひとりの血の繋《つな》がった姉に、「無いもの」として扱われてしまうのは。

姉が鬼に騒ぎはじめると、母やお手伝いたちが慌てて姉を部屋に押し込めます。

姉の部屋からは、ときおり、金切り声の叫びが聞こえていることもありました。

甲高い笑い声も、響きます。

鬼がいる、鬼が。あんたたちは鬼だ。

泣き叫ぶように、そう言ったかと思うと、笑い続けることもあります。

そして、ある日、いつのまにか姉は屋敷から姿を消しました。

ずいぶんと長い間、姉の声を聞くこともなく、姿も見なくなったので不思議に思って、母に「お姉さまは、どうしてるの？」と聞くと、母は何故か安堵《あんど》の笑みを浮かべて、「お姉さまはね、帰らはったんよ」と答えました。

どこに帰ったのか、何が起こったのかは聞きませんでした。

知るべきではないと、思ったのです。

僕は、その頃には、この家の異常さは姉の存在だけではないことを察していました。

結局、姉がどうなったのか、知りません。

病が悪化してどこかへ閉じ込められたのか、あるいは死んでいるのかも。

父や来客が訪れるときは三階の部屋には近寄らないようにはしていましたが、それでもときおり、不思議なものを見かけてしまうことがありました。

日本人ではない、怪しげなボロボロの布をまとった男女たちが、低い声でお経のようなものを唱えながら階段を上っていく姿ですとか、まだ十歳を少し出たばかりであろう少女たち数人が脅《おび》えた顔で、泣いて三階の部屋に消えていったり、そんな光景です。

女が三階から階段を駆け下りてきたのも見かけたことがあります。僕がぎょっとしたのは、女が裸だったからではなく、身体に無数の傷があったからです。

女は泣いていました。若くはない、肉付きのいい女です。

すぐに三階の部屋から、数人の男の人たちが現れて、女を連れ戻そうとしました。女は泣いて「止めて！　もういやっ！」と抵抗しましたが、屈強な男たちの力には勝てません。部屋に連れ戻されると、しばらくは途切れ途切れに女の泣き声が漏れてきましたが、すぐに静かになりました。

すると、カサカサと何かがこすれたような音が聞こえ、ふと音のしたほうを見上げると、鬼が三階の和室の扉に添うようにして立っています。背中を扉に貼りつけて、まるで、中にいるものを守る――いや、閉じ込めようとするかのように。そのときの鬼は黒くてぼんやりとして、煙のようにもやもやと形が曖昧でした。

僕の眼には、鬼は身体を震わせて笑っているようにも見えました。輪郭がぼやけていたから、そう思えただけなのかもしれません。

僕が吹き抜けのところから見上げているのに気づいた鬼は、慌てて扉の隙間に入っていくように姿を消しました。

その日、僕はなぜか自分の部屋に戻る気がせず、そっと外に出ました。夜の公園には灯《あか》りはないはずですが、目の前に白い光を発しているものがありました。

桜です。

もともとこの屋敷は、最初の主人——母の桜子の最初の夫で、姉の父にあたる吉二郎という人——が、「桜子」という名前にちなんで、この桜の樹のそばに作ったものです。近くには千本通もありますが、あの通りは昔、千本の桜が植えられていたともいわれています。母のために作られた屋敷なのですが——それをあとから来た僕の父——李作が我がもの顔をして活用しています。

僕は子どもの頃から家の前にある、あの桜を眺める、その静かな時間が好きでした。春は、桜が揺れる様が、幽霊のようにも見えることがありました。ぼんやりと光を発する小さな桜が花びらを散らしながら風に身をゆだねる様が、まるで白い経帷子《きょうかたびら》をまとった女の幽霊のようだと。

けれどそれを怖いと思ったことはありません。それも景色の一部に過ぎないのですから。桜の薄桃色の花びらが月明かりを浴びて明るかったのです。

そうだ、今日訪れている来客たちは、花見という名目で来たのだと母が言っていました。父の友人たちは昼間は皆で、この桜を愛《め》でていたのです。

昼よりも夜のほうが桜は美しいと僕は知っていました。子どもの頃から、ずっとここに住んでいるのですから。

なのに、あの人たちは、夜の桜には見向きもせず、三階のあの部屋に籠もって何をしているのでしょうか。大人たちの悦《よろこ》びというのは、理解できません。

僕は桜に近寄り、美しさをひとりじめして喜びに浸っていました。

桜がこんなにも美しいのは、儚《はかな》いからと子どもながらに知っています。

人の命と、同じなのです。

僕はふと、うしろを振り向き、屋敷を見ました。屋敷の屋根のところに、鬼の人形があります。魔除《まよ》けとして置かれているそうですが、どうも昔から、僕はあの鬼の人形を見ると不吉な気分になるのです。魔除けではなく、魔を招いているような――。

父たちがいる三階の丸窓から灯りが漏れています。

そこから、こちらを眺めているものに気づきました。

角のある――鬼でした。

魔除けの鬼の人形ではなく、生きて動く鬼です。この家に巣食う鬼です。鬼はやはりいつのまにかあの部屋に入り込んで、僕を見下ろしていました。

僕が入れないあの部屋で、鬼は何が行われているのか、観察しているのでしょう。

僕が子どもの頃には、あの部屋に母親が入っていくのも何度か見かけました。

母が僕のために本を読んでいると、父の使いの無愛想な男がノックをして母を呼び出すのです。母は微笑みを一瞬だけ浮かべたあと、すぐに無表情になり、僕の頭を撫《な》でて「おやすみなさい」と言い残して、部屋を出ていきました。

僕はそんな日に限って、眠れませんでした。

そっと足音をひそめて、母が三階の部屋に入っていくのを見に行ったこともあります。すると扉が開いて、顔を出したのは父ではない男でした。度々ここを訪れていた、以前、この国の大臣を務めたことのある、あの男です。男は下卑た笑みを浮かべ、トレードマークでもあるあご髭《ひげ》を引っ張りながら、もう片方の手で母の肩を抱いて、部屋の中に引き入れました。

母だけではありません。姉がまだ家にいた頃に、あの部屋に連れられていくのも、何度か目撃しました。姉は人形のように表情を変えずに、ぼんやりと虚ろな目のままあの部屋に連れていかれました。

そうして、母や姉があの部屋に入った夜には、きまって鬼が僕の前に現れます。鬼は飛び跳ねて、その影が部屋中に映ります。

そうです、鬼は、はしゃいでいました。

母や姉があの部屋に行く夜は。

普段はもっと鬼はおとなしいのです。じっとしているか、僕の真似事をして動くか、僕のあとを追うか、それぐらいなのですが、あの部屋に来客があるときには、楽しそうに自ら僕の前に姿を現してひとりで踊るのです。

何がそんなに楽しいのだろうと、腹だたしいときもありました。母はともかく姉は、好きこのんであの部屋に行っているとはとうてい思えませんでしたから。

それなのに、鬼は嬉《うれ》しそうなのです。

いいえ、鬼だけではありません。父も、きまって機嫌がいいのです。

一度、朝方でしょうか。普段、僕に全くかまいもしない父がいきなり部屋に入ってきて、僕を抱きしめたことがありました。酒臭くて、僕は顔をしかめました。

「早く大きくなって、この家を継いでくれよ！　お前が俺の血と家を残していかなきゃいけないんだ！」

それだけは聞き取れましたが、あとは何を言っているのかわかりません。とにかく父の気分がひどく高揚しているのだけはわかりました。

　僕は、父が嫌いでした。息子として可愛がってもらったことなどありませんでしたから、好きになれるわけがありません。ただ、跡取りとして、教育を受け大事に育てられたのは自覚していますが、それはこの家を残したいという父の願いの道具にされていただけです。

　父のことが嫌いな理由は、僕自身がかまってもらえなかったというだけではなく、なんとなく、姉の錯乱の原因は父だと察していたからです。


　あの頃は世の中そのものが沸き立っていました。

　伯父の会社も大きくなり、今でもあちこちに伯父が造らせた施設が残っています。だけどそんな好景気はいつまでも続くわけもないですし、世の中は変わります。伯父は結局、子どもができなかったので、会社を人に譲り隠居生活に入りました。伯父の引退と共に、父も役職を退任しましたが、気が抜けたのか健康状態も悪化しました。僕はそのまま会社に残りはしましたが、立場は変わりました。

　あなたもご存じでしょう。

　もう父は、長くない。病院で寝たきりです。だから父は、僕の結婚を急がせました。

　あなたにこんなことを言うと気を悪くさせてしまうのは承知ですが、貿易商の令嬢であるあなたと僕を結婚させることにより、家の安定を図る狙いも父にはあります。それはあなたのお父さまとて、承知のことでしょう。

あなたも僕も、恵まれた育ちだと世の人には羨《うらや》まれるかもしれませんが、そのぶん背負うものが重い人間は、不自由です。

けれど僕はあなたと出会って、生まれてはじめて自分は幸運だと思うことができました。愛らしく、気さくで……あなたと一緒ならば僕は飾らずにいられると、安心感を瞬時に抱いたのです。そんな経験は、はじめてでした。

僕は子どもの頃から特殊な環境で、特異な家族だけに囲まれて育った人間です。友人らしき人もいません。仕事を覚えるという名目で父の関係者との交友はそれなりに持たされていましたが、その中で心を許すなんてできるわけがない。

あなたの笑顔に、僕は一瞬にして心を奪われました。激しくあなたを求めたいという衝動ではなくて、あなたが目の前にいるだけで、堅く結ばれていた僕の心を縛る縄が緩んでいく気がしたのです。和むのです。安らぐとは、こういうことを言うのでしょうか。

あなたは気難しくて何を考えているのかわからないと噂されている僕に対しても、警戒することなく喋りかけてくれました。あなたの表情と言葉を信じるならば、あなたも僕に好意を持ってくれていると思ってもいいのでしょうか。

あなたは僕にとって、冬に凍ってしまいかけていたときに与えられた、温かい暖炉の炎のような人でした。僕の心は、あなたという存在でとけていきます。

これが恋というものなのですね。本を読んで言葉だけは知っていましたが、はじめての感情です。誰かの存在が、こんなに温かいものだなんて——僕の今までの生活にはありえないことです。

なんて幸せなのでしょう。

僕は今まで、自分が幸せだなんて思ったことがありませんでした。

あなたにより、与えられたものが、たくさんあります。僕はあなたに感謝しています。

あなたが僕のもとに来るのが決まり、その日が近づいてくるにつれ、僕は今度は日に日に苦しくなっていきました。

誤解しないでください。あなたを嫌いになったなんてことは決してない。なるわけがない。

ふたりで幸福な生活が送れたら、どんなに素晴らしいでしょう。

けれど——あなたをこの家に迎え入れていいのだろうかという葛藤《かっとう》で僕は苦しんでいます。

僕の妻となり、僕の子を産み、この家で暮らしていくのが、いいのかどうか。

僕は迷い苦悩しました。

この婚約を破棄してしまうべきか、どうか。

もしも婚約者があなたではなかったら、こんな言い方はよくないけれど、どうでもいい女ならば、僕は何も考えず受け入れたかもしれません。けれど僕はあなたを不幸にしたくない、いえ、この家を背負わせたくないのです。

鬼のこと、ですか？

鬼はこの家の守り神か、それとも憑《つ》いているのかではないかって？

いえ、鬼のことなど、それは僕も気にしていないのです。

母は先日、亡くなりましたし、今は僕にしか見えない。見えなければ、無いものと同じです。

それに何か悪さをするわけではないのですから。

あなたにあいつが危害をくわえることはない、それは断言できます。

鬼の存在ではなくて、鬼をもたらしたもの――そちらのほうが、僕があなたに背負わせたくないものです。

けれど、それを決めるのは、僕ではなくて、あなたですよね。幸いにも、僕の妻になることを望んでくれている。だから、ここから先は、あなたが決めてください。嫌ならば、結婚をやめましょう。

僕はあなたに決断を委《ゆだ》ねるために、今日、この家に呼んで話をしているのです。鬼の存在そのものではなくて、何故、あの鬼がこの屋敷にいるかということを。

あなたの両親は話を聞く限りは仲良くて羨ましいです。あなた自身も自覚されていますが、ご両親に愛されて育ってこられたのでしょうね。だから僕のような人間のことも、まっすぐに見つめてくれているのでしょう。

けれど、僕は違う。

僕の両親の関係をひとことで説明するのは難しい。これからあなたに僕の家のことを話すと、あなたは僕を軽蔑《けいべつ》するかもしれないし、怖がるかもしれない。それは覚悟の上です。

ええ、今まで、子どもの頃の話をあなたにしてきましたが、もしかしたら、あなたは何かを感じていたのかもしれません。

この屋敷には、多くの金と権力を持った人たちが訪れていると話しました。

彼らは貪欲《どんよく》で、力があるからこそ何ものも恐れなかった。

彼らにとっては、自分たちの存在は神や仏以上だったのです。

彼らは自分たちの欲望のためならば、誰かを傷つけることも、ときには自分自身を傷つけることすら、いとわないのです。

　世の中には、そういう人種がいるのはあなたもご存じでしょう。そして、そんな人間たちこそが、権力を握り国を動かしていることも。常人の及ばぬエネルギーを持ちうる人間だからこそ、欲望も「人」という枠からはみ出て溢《あふ》れてしまうのです。けれどそこまでの人間ではないと、大きな力を持って国を動かすことはできないのでしょう。だからきっと、彼らは世の中にとって、必要な存在なのです。

　けれども、家族や、周りの人たちは、不幸です。その大きな欲望に巻き込まれていった者たちは。

　この屋敷は、そんな欲望を貪る餓鬼のような男たちの館でした。父は男たちの望むままに、「餌」と場所を提供し、歓待していたのです。あの「遊興の間」で。

　自らも一緒に、楽しんでいたはずです。

　富と権力を手にした人間は、退屈だから、もっともっとと刺激を求めるのです。そもそも戦争だって、そうかもしれません。あれは一部の国の力を持った人間たちが求めた刺激なのです。そのためにたくさんの人が死んでも、彼らは平気なのです。

　彼らの娯楽の前には、他人の傷や死などは、全く影響を与えません。

　この家は、饗宴《きょうえん》の館でした。予想はついているでしょう。僕が見かけた少女たちも、傷だらけの女も、父や男たちの性的な娯楽の道具にされていたのです。

そうです、母や姉も。

彼女たちは、父から男たちへの供物でした。いや、少なくとも母は好きこのんで男たちに抱かれていたので、供物という言い方は違いますね。母は何よりも退屈で寂しいのが嫌いな女ですから、どのような形であれ、人が自分を求めてくれるのが嬉しいのですよ。

普通に女を抱くのでは物足りぬと、女を苛《さいな》む者もいれば、自らが苛まれる者もいたそうです。幼女を無理やり犯す者もいれば、男を犯す者もいたと。

欲深い人間たちは、東京から離れた京都という場所だからこそ、「遊び」を探し続けて実行していました。またこの場所は京都でも少しはずれにありますから、人目にもつきません。

僕などには想像もつかないほど、魅惑的で危険な快楽の世界に足を踏み入れてしまったのです。男たちは、母を抱き、ときには父の前で母を苛みました。

禁忌こそが快楽である――僕にはその気持ちは、わかりません。

いいえ、わかりたくありません。だから僕は今まで女性にふれずに生きてきました。

そして彼らは物足りませんでした。

娘を差し出せと言ってきたのです。

姉は、男たちに差し出されました。もちろん、男を知らぬままで。本当に、年端もいかぬ少女の頃だったそうです。男たちは、さぞかし興奮したことでしょう。

そして――恐ろしい話ですが、父もそこに交じったそうです。

自分の娘を、犯しました。

母がそれを許したのです――いいえ、母が、望んだと言ってもいい。

自分の欲望のために。

老いてゆく自分が男たちや父に望まれなくなり、飽きられつつあるのを母は知っていましたから、若い娘を提供することにより、男たちの欲望を叶《かな》え、自分に従わせようとしたのです。姉は母の代わりに父に犯されたのです。

最初にあなたに、姉は若くして亡くなった、この屋敷を作った母の最初の夫の子どもだと申しましたが、それはあくまで世間の建前上の話です。姉は、僕の父――李作の子どもに違いありません。だって、顔がそっくりなのです。つまりは、母は最初の夫が生きていた頃、いや亡くなった直後から李作と関係していて姉をつくったのです。

だから姉は李作の本当の娘です。

世の中で、一番の禁忌――それは母と父にとっては最高の快楽だったかもしれませんが、これ以上がない罪です。

もう、そんな罪を背負った生き物は、人ではありません。

自分の娘を犯し、人に提供するなど、人のすることではないでしょう。

それを差し向けた母も、人ではなく、鬼です。

父と母は、鬼になったのです。

いえ、それだけではないのです。

姉は子を孕《はら》みました。誰の子かわからぬ子どもを。

もしかしたら自分の父の子かもしれぬ、子どもを。

何故、母は姉に堕胎させずに子どもを産ませたのでしょうか。もしかすると、それこそが最高の禁忌だと、姉の妊娠すら彼らにとっては娯楽だったのかもしれません。

姉は子どもを産みました。

父によく似た、子どもを。

姉の子だから、父に似ているのか、父と姉の子だからなのか、わかりません。

ええ、そうです。

あなたももちろん、父の写真をご覧になったことがあるはずです。

よく似ているでしょう、僕と。

母の話では、あの鬼は、母の最初の夫が亡くなった頃からいたそうです。

「最初の頃はな、あれは、前の夫の吉二郎さんかと思っててんけど、次第に違うものになったんよ。もう今は、吉二郎さんやなくて、別のもんや。李作の前の嫁の梅や、いろんな人間の恨みが鬼になったんかもしれん――いや、違う。恨みやのうて、寂しさや」

母は以前、そう言っていました。

鬼は母と僕と、姉には見えていました。

父は――どうだったのでしょうね。見えていたとしても、恐れることなどないでしょうし、気にしていなかったのかもしれません。そんな話は結局したことはありませんでした。あるいは、父のあの人間を捨てた非道なふるまいは、鬼を恐れていたから、鬼の意志でやっていたなんてことも考えたことはありますが――。

鬼――いえ、母の意志で。

自分の思い通りにならないと気が済まない、自分の欲望のためなら、誰を傷つけても平気な、母の意志で。

姉は僕が物心ついたときには既に正気を失っていましたから、姉が「鬼がいる」とときおり叫んでいたのは、父たちのことなのか、あの鬼のことなのか、わからないのです。

姉は鬼に脅えていましたけれども、僕は怖いと思いませんでした。

幼い頃から、僕のただひとりの友人のような気すらしていました。話などしたことはないですけれど、いつも僕の傍にいてくれたのは、鬼だけでした。

兄弟なのか、僕自身なのか。僕の影なのか。

いずれにせよ、僕が生きている限り、鬼は僕の傍に居続けるでしょう。

僕という、人でなくなった者たちにより、産み落とされた存在が、いる限りは。

何故、僕がここまで知っているか不思議でしょう。母が全て話してくれたのですよ。本当に僕を思うならば、墓場まで持っていくべき話なのに。母は他人を傷つけることなど厭《いと》いもしない人ですから、僕にそれを楽しそうに話してくれました。年を取り、身体が不自由になった母は退屈していて、僕はその相手をさせられていたのです。

そうです、父よりも、この屋敷に集う男たちよりも――母こそが、餓鬼です。

父も、ずっと母に対しては脅えていました。

「男よりも、女の欲深さのほうが底なしだ」

そんなことをいつぞや言っていた記憶もあります。

あの三階の部屋に行くとき、母は目を爛々《らんらん》と輝かせて階段を上っていきました。

この屋敷をそんな場にしたのは、父ではなく母の意向なのでしょう。

母はよく、この屋敷で起こった出来事の話をしながら、「私は退屈が一番嫌いなんや。退屈は、寂しい。李作と出会えたおかげで、李作のおかげで、私は退屈せずに済んだから、感謝しとる。李作のおかげで、あなたを授かることができた。跡取りの男の子が必要やったんや」そう、満足げに口にしました。

さすがに気丈なあなたでも、この話を冷静に聞くのはつらかったようですね。

あなたを動揺させてしまったのは、胸が痛みますが、話すべきだったのです。

僕が今、こんな話をしても笑みを浮かべていられるのは、あなたが僕からすぐに逃げなかったからです。途中で止めてくれと、話をさえぎらなかったあなたは、強い。

そんなあなたを僕は心の底から尊敬し、深く愛しています。

けれど——だからこそ、あなたを僕の妻にするべきではないのです。あなたがこの家に入るのは、僕の家族の一員になるのは、鬼の家の人間になることなのですから。

あなたには、幸せになって欲しい。健全でまっとうな家の男と結ばれるべきで——本来ならば僕はそれを望まなければいけません。

けれど、目の前にいる、僕の手を握るあなたを払いのけることが、できない。

その手のぬくもりに、ずっと浸っていたい。

もしそれでも僕の妻になると言ってくれるならば、こんなに幸福なことはありません。あなたには、鬼が見えますか。

今もこの部屋に鬼がいます。部屋の北東の隅で、じっと僕らを見ています。

今日は、あなたがいるせいか、いつもよりも鬼がはっきりと姿を現しています。

鬼は目を剝《む》いて、笑っています。

僕と同じように、あなたを好いているのでしょう。

この家の人間になるのを、今か今かと待ち受けているのです。

……ここまで話してしまったからには、どうしても、最後まで告げなければいけません。

母を殺したのは、僕です。

身体が不自由になった母は、将来を憂いて、この家のドアのノブにタオルをかけて首を吊《つ》って自殺したことになっています。

母は自ら死ぬような、繊細で弱い女ではありません。

僕が殺して、自殺に見せかけるように細工をしました。

動機は――わかるでしょう？

自分の呪われた血の話を聞かされ続けて、平気なわけがありません。

僕は母を憎んで、その命を絶ちました。

もし、あなたがこの家に来てくれるならば――母はやはり生かしておいてはいけないのです。

母はとても醜い苦悶《くもん》の表情を浮かべ、泡を噴き、糞尿《ふんにょう》を垂れ流して死んでいきました。

僕がどれだけ爽快《そうかい》な気持ちになったか。


――お父さんやお母さんは鬼かもしれないけれど、あなたは鬼ではないわ。私が好きなのは、家や血ではなく、あなた自身だから。愛しているから、私はあなたの罪も赦《ゆる》したい――。


ありがとう、そんなふうに言ってくれて、嬉しくて涙が出そうです。

あなたの愛の深さに感謝します。

けれど、僕にもっと近づいてください。

手をのばして、僕の頭のてっぺんにふれてください。

そしたら、ほら、わかるでしょ。

小さくて普段は髪の毛にかくれて見えませんが、手にとがったものがあたるはずです。

そうです、僕にも角が生えているのです。

子どもの頃はなかったはずなのに、いつのまにか、はっきりと角が現れてきました。

僕が一番恐れているのは、今はこうしてあなたを大切にしていこうと思っているけれど、いつの日か角が大きくなるのと共に、僕の欲望の蓋《ふた》が開き、本物の鬼になることです。

だから、やはり――一緒になっては、いけませんね。

けれど、それでも僕と夫婦になると言ってくれるなら、僕も覚悟を決めます。

鬼がぎょろりと目を剝いて、楽しそうに身体を小刻みに揺らしながらこちらを見ています。

鬼は手ぐすねひいて待っているのですよ。

僕が鬼に、なることを。

第三話　鬼人形

都のはずれ、って、言わはるのがわかりました。京都の中心より西の千本通に向いて走る車に揺られながら外の景色を眺めてなんや寂しいなって考えてたんです。千本通は昔は、京の都の真ん中を通る朱雀大路いう道やったんらしいけど、賑《にぎ》やかなところからは遠いし、今まで滅多に行く機会はあらへんかったんです。まさか自分がそんなとこに住むやなんて、思いもよらんかった。

千本通は千本の桜が植えられていたから千本通と呼ばれているいう話があります。私が今から行く家の前にも立派な桜がありました。

私は生まれてこの方、京都の臍《へそ》や言われてる六角堂《ろっかくどう》さんの近くの家で、両親と弟とぬくぬくと暮らしてきた自分が、よその家でやっていけるんかいう不安を、乗り慣れへん車の揺れに身を任せながら思い出しとったんです。そやけど夫になる人の顔を思い浮かべると身体の奥が温《ぬく》うなって、一瞬にして不安は期待に変わるんやから現金な話やなぁ。

夫となる人は、きりりとした眉毛《まゆげ》、なめらかな茶色の髪の毛、二重瞼《まぶた》で切れ長の優しげな瞳《ひとみ》、そして近寄るとてもいい匂いがしました。男は苦手なはずやったのに、その人だけは特別でした。

女学校やし男の人と口をきいたことなどほとんどあらへんけど、道ですれ違う男たちは私にとって粗野で嫌な臭いがする存在にしかすぎひんかったから、苦手やって思い込んどったんです。特に嫌いなのが父の友人で、むさくるしい髭面《ひげづら》で声が大きく酒が好きな人が多くて、私の姿をみたら「お嬢さん、えらいべっぴんになりましたなぁ」と何か含みのありそうな眼差《まなざ》しでじっと見はるのが不愉快でたまらへんかった。

そやから女学校を出たばかりの私に父が待ってましたとばかりに縁談を持ってきたときは暗い気持ちになりました。私の家は皇族ゆかりの方の血をひいているそうです。とは言ってもそのことに何か価値があるとは自分では思わへんのですが、周りが私を特別な目で見るから、ああそうなんや、まだこの京都では血筋いうもんがそない重要なんやなぁって気づかされたぐらいです。お恥ずかしい話やけど、今は、決して恵まれた家ではあらへんのです。父の商売がうまくいかへんから倹約して質素に暮らしてる、普通の家族に過ぎひんのです。

世の中は戦争がはじまりそうで不穏な空気やけど私には関係ないことのような気がしていました。男の人たちはなんやかんやと浮かれているようやけど、戦争というのは人が人を殺す戦いのはずやのに、それで喜び浮かれるなんて、やっぱり男は無神経で理解できひんなぁと思っていました——夫となる人を除いて、やけど。

その屋敷の噂だけは知ってました。辺りはえらい殺風景やのに、そこだけ違う国のように、立派な洋館があるいうのは。明治維新後に、商売を成功させた人の息子が建てた家で、一時期は迎賓館のように使われていたのも、まるで他人事《ひとごと》みたいに噂話として聞いていたんです。まさか自分がそんな立派な洋館に住むことになるとは夢にも思わへんかった。

私の六角堂近くの実家は古い純日本風の家です。さきほど申しましたように私の家は決して裕福ではあらへんけど、祖父がこの家を残してくれたおかげでみすぼらしい暮らしはせんですんどったんです。


松ケ谷塔一郎《とういちろう》と最初に会ったんは、まさにこの私が今から向かおうとしている邸宅でした。私の家に、松ケ谷の家から黒の大きな車が迎えに来ました。外国製なんやけど、そんな車を個人で所有しているのはよほどの財産家やいうことです。

私はおそるおそる車に乗りこんで、千本通の近くの松ケ谷邸へと向かいました。近づくにつれ不安で泣きそうになっていました。どんな男なんやろう、むさくるしい気持ち悪い男やったらどないしようなんて悪い予感しかありませんでした。

塔一郎さんは私よりだいぶ年上で三十歳になったばかりだと聞いていました。どうしてその年まで結婚しいひんかったかというと商売が忙しかったのだそうです。

屋敷を建てた人は、塔一郎さんの義理の祖父にあたる人で、その父親が陶磁器の輸出で商売に成功して財産を得たそうです。そやけど若くして亡くなり、奥さんが再婚しはって、新しい主人になった男との間に生まれた子どもが、塔一郎さんの父親にあたります。

塔一郎さんの父親の代に、会社は社長が替わらはったんやけど、その子会社を父親が任されたらしいです。もう陶磁器からは手をひいて、鉄の貿易をはじめたんやけど、戦争の波に乗り好調やったらしい。

私の家は、この屋敷を建てた塔一郎さんの義理の祖父の兄嫁の実家なんです。遠い親戚《しんせき》やから、普段は行き来もせぇへん。そやけど、父親同士は最初から縁談を考えとったらしいんです。私の父は塔一郎さんの家の財力が目当てで、塔一郎さんのお父さんは、公家の血というのが身元もはっきりしててええし、親戚やから安心してたんです。

塔一郎さんの両親は、私らが結婚したら、屋敷を出て神戸《こうべ》の会社近くの家に移られるのが決まってました。五年ほど前、商売が順調になってから、会社は港の近くのほうがええと、神戸に移転して、お父さんはほとんどそっちのほうにいはりました。確かに、神戸のほうが利便性があるし、若い夫婦の邪魔をしたないなんて、気も遣われてるんでしょうか。

それも私を安心させました。やっぱりよその家に嫁ぐなんてことは、大事で、不安やったもの。
そうして、私が女学校を卒業すると同時に、とんとん拍子で結婚の話がすすんでいきました。

はじめて松ケ谷邸を訪れたとき、私は車を降りて、声をあげそうになりました。予想してたんよりもはるかに美しい家が私を見下ろしていました。私はお城を連想しました。西洋のお城と日本の良いところが取り入れられ独自の美しさが生まれたような——こんな家が私の家になるんやということが信じられへんかった。女学校時代の友人たちが見たらどんなにうらやましがるやろう——。

玄関先に立っていた背の高い男の姿を見て、さらに私は冷静さを装うことに必死になりました。美しく品のある建物に見劣りしない立派な男——まさか、こんな美しい男が——私は身体の震えがとまらへんかったんやけど、それが私の夫となる松ケ谷塔一郎でした。

塔一郎さんは私のほうに真っ直ぐに進み、笑みを浮かべています。私は全ての不安を補って余りある幸福感に襲われて泣きそうな顔をしとったみたいです。

目の前の男は私が今まで出会ったことあらへんくらい清潔感あふれる美しい人やった。美しいというのは顔立ちのことやなく清廉な空気をまとっているという意味です。それは平凡な私自身の存在が恥ずかしくなるほどのものでした。

そのことに羞恥《しゅうち》を感じた私は耐え切れんくなり、ついうつむいてしまいました。

「恥ずかしがりやなんですね」

そんなふうに塔一郎さんに言われると本当に耳まで赤くなりました。


私と塔一郎さんの婚礼話はあっという間に進んでいきました。当人たちが乗り気やから、阻むものはなにもあらへんのです。結婚式は松ケ谷邸で挙げることになりました。そんな大層でなく内輪のものでええんやと塔一郎さんが言うたんです。こういうご時世で身内の人を戦争にとられている人もいるんやから華美なことして見せびらかすことはないという配慮ある判断に、私はなんて謙虚でつつましやかな人なんやろうと感心しました。

塔一郎さんのご両親も、ええ人でした。お義父《とう》さんは一見、気難しげなふうに見えましたが、私には優しぃしてくれます。お義母《かあ》さんは、穏やかで慈愛の塊のような人でした。何よりも夫婦が仲良ぅて、寄り添って生きてはるんやなというのがよぅわかりました。

「うちに来てくれはって、ありがとう」

塔一郎さんのお母さんは、そう言うと私の手を握って感謝の念を伝えてくださいました。

——私はこのとき、嬉《うれ》しいんやけど、ちょっと不思議やったんです。うまいこと言えへんけど、塔一郎さんの両親は、ええ人やねんけど、なんや私や塔一郎さんに対して罪悪感を抱いてはるような――優しすぎるから、気になったんです。

松ケ谷邸の一階は広間と台所と、あと何部屋かあります。広間といっても普通の家のものと比べものにはならへん、百人ぐらいは入る広さです。結婚式の日に、そこで私は初めてドレス姿で塔一郎さんの隣に座りました。

広間が洋風やから和装は似合わないということで洋装での結婚式になったんです。正直、小柄で丸顔の私には西洋の薄桃色のドレスは似合ってへんかったと思います。私は決して特別美しい女ではあらへんけど、眼が丸く大きくてえくぼがあり、可愛らしいお嬢さんやと小さい頃から人々に言われていました。そういう女が洋装になるとまるで子どものようになってしまいます。塔一郎さんは年齢より若く見えるんやけど、もともと年が離れとるから、釣り合わへんやないかと私は大変気にしていました。そやけど、ドレス姿の私を塔一郎さんは、西洋人形のようで可愛いよ、こんな可愛い花嫁さんが来てくれるなんて嬉しいと褒めてくれはったんで、全てが許されるように思えたんです。両親も泣きそうになって喜んでくれてますし、列席者たちも初々しくてええ夫婦や言うてくれてはりました。

私は皆に祝福され、こうして松ケ谷塔一郎の妻となりました。

この家は外から足を踏み入れると広い玄関が三階までの吹き抜けに面しており、そこから見上げると天井が見えます。天井は格天井《ごうてんじょう》といって大きな格子状になっています。窓から日の光が入るので、各階の手すりのところに小さなランプ型の照明があるだけなのですが、これだと階段を歩く時に足元が見えるのでちょうどいいのです。

最初にこの家に足を踏み入れて、吹き抜けから天井を見上げた時は、何も気づかへんかった。ただ、窓から日の光が差し込んで綺麗《きれい》やなって思いました。

天井にぶらさがっているもんが見えるようになったんは、結婚してこの家に住みはじめてからのことでした。

私と塔一郎さんの寝室は二階です。部屋数が多く使ってへん部屋も幾つかあります。塔一郎さんの書斎は三階でした。三階の和室は上がり下がりが大変やからって、使わへんもんを置く物置になってました。普段は鍵《かぎ》をかけていて、一度、入らせてもらったら、なんや箱が積み上げられてた。なんでも、昔はこの和室は社交場になってて来客も多かったらしいんやけど、塔一郎さんのお父さんは、そういうのが苦手で、この部屋を封印して、それからは家族だけで暮らしてはったらしいです。この三階や二階の空き部屋は、子どもが生まれたなら子ども部屋にしたらええと塔一郎さんには言われていました。

二階や三階の窓からは、大きな桜の樹が見えます。この屋敷ができる前よりある桜の樹で、もともと、この家を建てた最初の主人の妻の名前が桜子やったから、この桜の樹と、昔、千本の桜の樹が植えられてたという千本通の近くに屋敷を建てたいうて聞きました。その桜子いう人が、塔一郎さんのお祖母《ばあ》さんにあたります。ただ、この屋敷を建てた吉二郎いう人は早《はよ》ぅに亡くならはって、再婚した李作いう人が塔一郎さんの祖父らしいです。

内側はインドや中国の様式の取り入れられた部屋があるんですが、外から見たら、純西洋風の立派なお屋敷です。そやから、一階の屋根のところにあるものが気になって、塔一郎さんに聞きました。

「あれは鬼だよ。この屋敷を建てた人が魔除《まよ》けにと置いたみたい」

確かに小さな角があります。京都の家には、よぅ鍾馗さんという魔除けの神さまが置かれていますが、この家のはほんまに鬼です。鬼瓦《おにがわら》みたいなもんかとも思いました。

使用人は、徳松いう、ふたりとも四十代ぐらいの住み込みの夫婦でした。私が実際の年よりも幼く見えるせいか、気を遣ってよくしてくれます。けど、そやからこそ家でひとりの時は何をすることもなく退屈しとったんです。

塔一郎さんがこの家に泊まるのは週に二度、三度です。東京に行くこともあるけど、会社の移転先の神戸に行かはって、そのままご両親の家に泊まります。私は有り余るほどのひとりの時間を寂しい想いをして過ごすことになりました。そやけど仕事なんやから、我慢せなあきません。

女学生時代の友だちと遊びに行ってもええ言われたけど、ここからやと車を出してもらわなあかん。忙しそうにしとる徳松に、遊びの用事で車出して言うのも最初の頃やし申し訳のうて、家でひとりおとなしくしとりました。ここの生活もまだ馴染《なじ》んでへんのやし、一年ぐらいして落ち着いたら習い事してもええなとか考えて気楽に過ごしてました。

塔一郎さんのおらへんこの家は広すぎて、夜は特にそれを感じます。立派で豪華な家で、ガラスのシャンデリアも夢みたいに美しぃて――けど、ひとりだと持て余すものばかりなのです。昼間、使用人たちが庭仕事やらしてる時なんかは、家の中はほんまにがらんとして、寂しさが急にこみ上げてくることもありました。

私はもともと、そない本を読むほうやあらへんけど、塔一郎さんのお母さんが嫁入り道具と一緒に持ってきたらしい本がたくさんありましたので、退屈しのぎにそれを手にとりました。まず読み始めたのは、『源氏物語』です。恥ずかしい話やけど、この古典の名作をちゃんと読んだことがなかったのです。これから、塔一郎さんの妻として、教養も身に着けなあかんと思って、頑張って読み始めました。

結婚して一週間後には塔一郎さんは東京に行き、私はひとりで数日残されることになりました。初めてのひとりの夜、外国製のベッドが大きすぎるんが落ち着かへんで、何度も寝がえりをうちながら寝室の天井を眺めてました。

眠れへんかったのは、ベッドが大きぃからだけやなくて、この数日間、自分の身体に塔一郎さんからもたらされた様々な変化を思い出してしまったからです。

私は結婚するまでもちろん男の人にはふれられたことはあらへんかった。夫となった塔一郎さんが初めての男です。私は夫婦がする、その行為をうっすらしか知らへんかったし、なんや自分の身体の中に何かが入ってくるなんて考えただけでも痛《いと》うてしゃあなくて、とても脅《おび》えとったんです。そやけど子どもをつくるためには避けて通れへん、仕方のないことやと覚悟は決めていました。

実際に塔一郎さんに会うと不安や躊躇《ためら》いは消え、むしろ――恥ずかしい話やけど――初夜を待ち望んでしもたんです。塔一郎さんは何の香水をつけているのか知らへんけど、いい匂いがして、もっと間近で嗅《か》いで吸い込んでみたい、洋服の下の身体にふれてみたいなんて、はしたないことを考えてしまいました。あの唇が私の唇を吸うんやと思うと、身体が熱くなって心臓がドキドキしてしもて、結婚式の最中も、ほんまはその日の夜のことで頭がいっぱいやった。

式の日の夜は、疲れていたはずやのに、塔一郎さんはちゃんと私を寝室に導いてくれて、広いベッドの上に横たわらせ、丁寧に服を脱がし、何度も私の身体に口をつけて称賛と悦《よろこ》びの言葉を口にしてくれたんです。肌が綺麗や、吸いつくような、柔らかくてええ身体や、言うて。

私はお酒はほとんど飲んでへんはずやったのに、頭がくらくらとなってたんは、匂いと塔一郎さんの言葉に酔ったんやと思います。私はそのまま塔一郎さんの言うとおりに身体の力を抜き、彼を受け入れました。上手くいくのか心配していましたが、痛みは一瞬やったし、それ以上に体中が悦びで震えているのがわかりました。

ほんまは――部屋に入った瞬間、ううん、その前から、私の身体は十分に塔一郎さんのを受け入れる準備ができてて――潤ってたんです。

女は恋をすると心だけやのうて身体もこないに変わるんやと自分で自分に驚きました。ついこの前まで、男は苦手や、近寄りたくないなんて思ってたはずやのに、塔一郎さんに出会った日から、身体も心も寄り添いとうて、たまらんくなってしもた。

その日から昨夜まで、塔一郎さんは毎晩私を抱きました。最初は私もようわからへんから、ただ受け身になるしかできひんかったんやけど、そのうち自分から塔一郎さんの身体に口をつけることも覚えました。塔一郎さんにやれと言われたわけでなくて、自然に、無意識に身体と口が動いて求めたのです。それだけやない、塔一郎さんは私よりも私の身体を知ってはりました。まさかと思うような場所が、塔一郎さんにふれられ、口づけられる度に、声を出さずにはおられへんほどに反応したんです。私は心の底から塔一郎さんとひとつになれたことを悦び身体も心も歓喜に震えていました。

そやからこそ、この家での塔一郎さんがいない初めての夜は不安と寂しさに襲われていました。けど慣れなあかんのです。この先も、ひとりの夜は訪れるんやから。


何時頃やったのかわかりません。私は眠れへんままベッドの上にいることに飽きてきました。どうせ眠れへんやったら起きとこかと、気分転換に外の空気を吸おうと考えました。外といっても、どこかへ行くわけやなく、庭に面するテラスで月でも眺めようと思ったのです。

私は部屋を出て、赤い毛氈《もうせん》の敷かれた階段を手すりにふれながら下りました。夜なので足元に気をつけなあかんと、ゆっくりと足を運びます。照明は各階にあったんやけど、つけずとも窓からの月の光がかろうじて照らしてくれていました。

私は階段を下りきると、吹き抜けの真下に立ちました。

何故、私はその時に天井を見たのか、わからへんのです。

ただ、何か視線を感じたというか――呼ばれている気がしたんやないやろか。

身体がぶるぶるって小刻みに震えて誰かに引っ張られたかのように頭がかくんって、傾いて顎《あご》をあげて――。

見上げると、そこに、なんや動いてる大きなもんがおる――。

三階の天井からぶらさがっているのは、項垂《うなだ》れた人形でした。

髪の毛は肩ぐらいまであって、整えられておらず、ぱさぱさと紙のようです。着ているものはワンピースやろか、暗いから色まではわかりません。

てるてる坊主って、ありますやろ。あんな感じで、ぶらさがって、ぐらぁんぐらぁんと揺れているのです。

大きな人形です。首のところに何か縄のようなものがあり、それが天井にひっかかっていて、そこから吊《つ》るされています。

誰のいたずらや――私がじっと見上げていると、薄闇の中で輪郭しか見えない人形の目が大きく開きました。暗い天井にふたつの白い眼が浮かび、窓からの月の光を浴びて私を見ているのです。

その白い光は――私を睨《にら》みつけてました。

叫ぼうとしたのに、何故か喉《のど》でくぐもってしまい声を発することができません。

私は目を伏せしゃがみ込みました。そうしていても、あの人形が私に白い視線を浴びせていることを背中に感じとったんです。身体が動かせへんようになって、どれぐらいそこにしゃがんで頭を抱えたままじっとしとったんやろ。立ち上がってふとまた天井を見てしまえば、あの人形がいて、私を見とる——どないしようって考えてました。

そうだ、離れには住み込みの徳松夫婦がおるやないか——もしほんまにまだおったら、その部屋に逃げ込もう——そう決めて、私はおそるおそる身体を起こすと、さきほどまでの自分の震えがとまっていることに気づきました。

私はゆっくりと顔をあげて、天井を見ました。

何も、おらへん。

やはり見間違いやったんや、頭がしっかりしてるはずやったけど寝ぼけてたんやろか——そう思うと、ホッとしました。

そやけど知らんうちに自分が汗まみれになっていることに気づきました。もう庭に出る気などなくしたので、寝室に戻ろうと手すりをしっかりと持ちながら、ゆっくりと階段をあがります。二階にたどり着いたときに、吹き抜けのほうをちらと見ましたが、やはり何もおりません。

そやけどこれ以上、じっと見てたら、またあの人形が現れるような気がして、私は足早に寝室に入りました。

もちろんそのことは塔一郎さんにも使用人たちにも話さへんかった。悪い夢を見ただけに過ぎひんのやし、そんなことで大騒ぎしたら子どもみたいやしみっともないと思ってました。

けれど、あの闇の中で浮かび上がった白いふたつの丸い眼が、忘れられへんのです。身体も服も髪の毛も闇に紛れてるのに、眼だけが暗闇に負けじとばかりに私を睨みつけとったんやから。

普通、夢いうのは、どんな嫌な夢でもしばらくすると忘れてしまうもんやけど、あの眼だけは、私の脳裏に焼き付いて離れへんのです。怖いというより、嫌なもんを見てしもたって思っていました。

塔一郎さんは三日間の出張が終わり、帰ってきました。帰宅当日は疲れていたようやから、ロクに話もせずすぐに眠りについたのですが、翌日の夜に私を抱いてくれました。

久しぶりやったせいか、今までにないほど感じてしまい、私はひときわ大きな声をあげそうになってしまいました。そやけどもしも外に漏れたら、離れに住む夫婦に聞こえたらと思うと恥ずかしくて必死で声を殺しました。私が声を出すのをこらえてるのに気づいた塔一郎さんが、私の口を自分の手で塞《ふさ》ぎました。塔一郎さんの手の熱や味を唇で感じたら、身体がぶるぶる震えてしもて、こうして身体の一部を男に封じられることも快感につながるんやということを知ったんです。

塔一郎さんが翌日は休みやったので、朝起きてすぐ、朝食をとってまた寝室に戻り昼間も交わりました。何度私たちはつながったんか覚えてへんほどです。食事以外は一日寝室にこもりきりになる私たちを使用人たちがどう思うのかと考えたら恥ずかしぃてたまらんかったんです。この前まで男を知らんかった私がこんなにも悦びを得ていると悟られているようで――それでも夫婦なんやから何を気がねすることもあらへんし、私は快楽が深まるとともに、自分の身体が塔一郎さんにより呼び覚まされることに驚きの連続でした。

私は夜ごとに身体を夫により変えられています。こんな楽しいことはないという発見は私の心も身体もゆるやかに変えていってくれました。男と女というのは、心だけではなく身体をつかって関係を深めていくのだと知りました。

だからこそ塔一郎さんがいない夜の寂しさがつのります。私は火照る身体をひとりで塔一郎さんのことを想いながら慰めることも覚えました。

そやけど、ひとりの夜が嫌なのは、そのことだけが理由やありません。

あの人形は、やはり気のせいでも悪い夢でもあらへんかったんです。

塔一郎さんが再び館を空けた日の夕方に、私が一階の吹き抜けをつっきって広間に行こうとすると、背中をちくりと針で刺されたような痛みが走りました。蜂でもおるんやろかと振り向くと、ぶるぶると身体が小刻みに震えて何かに吊り上げられたように頭ががくんと揺れて顎をあげ、天井を見てしまったのです。

あの時と同じように、首に縄をつけた人形が天井から吊られています。夕方やったので、この前よりはよぅ見えて、着ているものが廊下や階段にめぐらされた毛氈と同じ臙脂《えんじ》色だということがわかりました。

そしてあれは、人形ではあらへんことも、わかってしもた。

最初は子どもかと思ったら、違うんです。小柄な、私と同じぐらい小柄な少女やった。少女は私が見上げると、それまで閉じていた眼をカッと見開きます。私は眼が合うのが嫌で、慌てて眼を伏せます。あの表情は、怒っているのでしょうか。

そうして、あれの頭に、私は小さな突起をふたつ、見つけました。

子どもの頃、絵本で見たことがあるから、知ってます。あれは角です。

人形やなくて、鬼やった。角の生えた少女や。そんなもん、見たのはもちろん初めてです。

怖かったんやけれども、最初に見た時よりも私が冷静になってたんは、それが夜やなかったからやと思います。冷静になるために母親から教わった般若《はんにゃ》心経を唱えて息を整えました。お経を唱えたからいうて、鬼が消えるわけでもないんやけど、それでもぶつぶつ口にしながら上を見んようにしてそこを通り過ぎるぐらいのことはできるようになりました。

そんなことが何回か、ありました。

そして、結婚して三ヶ月目ぐらいやろうか。その日は塔一郎さんは九州に出張に行ってました。十日間おらへん言われてて私は憂鬱《ゆううつ》でしゃあなかったので、一週間は実家に戻ることに決めました。憂鬱なんは、塔一郎さんが隣で眠っていないこともやけど、鬼にまた見られるんかと思うとたまらんかったんです。

そうです、あの少女の鬼は塔一郎さんが家にいる時は決して現れへんのです。それからやはり私に何か言いたいんか、怒っているんか、恨まれているんか――いえ、でも、私は鬼を知らへんのやから、現れて、ただ睨まれてもどうしようもあらへんのです。

私は塔一郎さんが帰ってくる前の日に実家から戻ってきました。さすがに両親も、嫁に行ったんやからそんなに長く家を留守にしたらあかん、主人がおらんからこそお前が家を守らなあかんと私を追い出すかのように帰らせました。

私は徳松の迎えの車に乗り松ケ谷邸で降りました。二階の寝室に荷物を置き、遅めの夕食を食べに階段を下りて一階の食堂に向かいます。

最初にこの吹き抜けを見たときは、ほんまに広々としとって窓から入る穏やかな明かりも心地ようて、なんてええとこやって思っとったのに、今では一秒たりともおりたない空間になってしまいました。

私は階段の最後の一段を下り、息を止めて早足でそこを通り過ぎようとしたのに、また、身体が痙攣《けいれん》して何かに吊り上げられたように頭ががくんと上を向かされてしまいます。

薄暗い吹き抜けの頂上から、私を見る白い眼が山の獣の眼のように光っています。

そうや、獣が敵を睨みつけるような――。

窓を閉めているはずなのに、風に揺り動かされているように少女の身体が揺れています。そのくせ眼だけは揺るぐこともなく私から動かへんのです。

少女の鬼には鼻も口もあるはずやのに、眼しかわからへん、それ以外のもんはぼやけてるんです。

私は呆然《ぼうぜん》とそこに立ちすくんで少女の眼差しを浴びていました。

「どうなさったんですか」

徳松――男のほうです――が、ふいに声をかけるので、私はふっと身体が自由になり、我に返りそちらを向きました。

「いえ、じっと天井を見ておられましたので」

徳松はいつからそこにいたんやろうか。全く気づかへんかった。

私は返事に困りました。私が見えているものを告げたら、頭のおかしい女が嫁にきたと思われ、塔一郎さんの立場を悪くするかもしれんと考えたからです。

私が言葉を探したままじっとしていると、徳松は、悲しそうな顔をして、

「見えてしまわれたんですね」

と、言いました。

私は驚いて、徳松の眼を見ました。その瞳には悲しみとも憐《あわ》れみともつかぬ色が込められています。

徳松は「夕食が冷めてしまいますから」と、食堂のほうへ私を導きます。

「徳松さん、あれは――」

「奥様、私たちは、代々、このお屋敷のご主人に仕えています。だから、いろいろな出来事があったとだけ申し上げます。ただ、あれが何なのかは私たちの口からは何とも。鬼そのものは、桜子さまがこの家の主人だった頃からいるそうですが、それから姿形をかえ、現れているようです。哀れな女がここにとどまっているとしかお話しのしようがありません――旦那《だんな》様に、直接聞かれていいと思いますよ」

「塔一郎さんはご存じなのですか」

「旦那様には見えませんし、旦那様がいらっしゃる時も私たちは見えません。私も実は見えるわけではないのですが、妻がぼんやりと何か感じることがあるのです。女の人のほうが敏感なのかもしれませんね。旦那様はご存じですから――」

徳松はそれだけ言うと、食堂の扉をあけてくれました。

塔一郎さんに直接聞くしかない――徳松の言葉が私の背を押しました。それにあれが見えるのは私だけではなかったという事実が私を安心させたんです。

塔一郎さんが十日ぶりに帰宅した夜は疲れているだろうと何も言わへんかった。そやけど、いつになくその夜は激しく求められ、獣の格好にさせられうしろから何度も突かれました。塔一郎さんの言うとおり、この形は奥まで届くから、差し込まれる度に声が出てしまいます。塔一郎さんに言わせると、私は気持ちがよぅなるとつながってるところが痙攣して男のんをしめつけて――すごくええもんを持ってるそうです。最高の女やって褒められました。

もっともっと感じる身体にしてあげる、僕のいうことを聞けばいい――。

塔一郎さんが二度目に果て、私の髪の毛を撫《な》でながらそう言ったときに、私は何があってもこの人の妻でいようと決めたのです。

翌朝に目が覚めて、裸でふたりで抱き合っている時に、私は思い切って、ここに来てから私が見ているものについて、慎重に言葉を選びながら聞いてみました。

私の話を聞いたあと、塔一郎さんの表情が、一瞬、苦しそうに歪《ゆが》みましたが、「君は僕の妻としてここでずっと過ごすのだから正直に話しておかないとね——」と口を開きました。

その話は、私がもしやと思い恐れていた答えに近いものでした。

まだ塔一郎さんの両親がここに住んでるときの話やったようです。塔一郎さんは、当時、二十代の半ばや言うてはりました。徳松夫婦の知り合いの紹介で十九歳の娘が使用人として住み込みで雇われました。私のように、小柄な娘やったそうです。

塔一郎さんは、その娘に好意を示されて、ふたりは関係を持ちました。もちろん、ご両親には内緒で、こっそりと、です。関係を持って塔一郎さんが驚いたことは、その最中に娘が「首を絞めて」と要求することやった。塔一郎さんは最初、そんなことはできひんと拒みましたが、娘がお願いだから、そうしないと感じないからと強く願うので、首を絞める真似事をしました。軽くそうするだけで、娘は身体を震わせ悦びをあらわしました。

あとになって、塔一郎さんが徳松夫婦から聞いた話ですが——娘は母がおらず、酒好きの父親に殴られており、心配した近所の人たちが父親から逃れさせようと遠くへ働きにこさせたのだと——そのことと娘が首を絞めてと要求することと関係があるのかは、今とな

ってはわからへんことです。

娘は首を絞められるだけではなく、乳房をつねられたり、顔を叩《たた》いて欲しいと言ったり

と、痛みや苦しみで快感を覚えるようで、徐々にそれを塔一郎さんに要求しはじめました。

塔一郎さんは次第に娘が怖くなりました。それに、望まれるからといってそんなことを

していて、いつか力加減を間違えて娘を殺してしまわないかという恐れも芽生えたのです。

娘のことは好きでしたが、使用人と結婚するわけにはいかへんのです。なんでも、塔一

郎さんの祖父にあたる男は、もともと使用人だったらしいのですが、塔一郎さんのお父さ

んは、李作いう名前のその父親を激しく嫌ってはって——何があったかは知らんのですが

——「身元のしっかりしたきちんとした家の娘しか嫁にしたら駄目だ」と日ごろから言う

てはったそうです。いずれにせよ未来のあらへん関係やから、別れるしかありませんでし

た。いくらかの手切れ金を渡して穏便に処理をしようと、塔一郎さんは、両親には内緒で

徳松夫婦に相談して話をつけていました。

けれど娘は最初は別れを受け入れへんかった。徳松夫婦がお前がそんな我がまま言うた

ら、紹介したわしらの立場もないやないかと説得すると、最後に一度だけ塔一郎さんの部

屋に行きたいと願います。それで別れてくれるのならと塔一郎さんが当時寝室に使っていた——今は物置になっている三階の部屋に行くことを許されました。

娘は塔一郎さんに、最後に抱いてくれと望み、塔一郎さんは娘の願いに応《こた》えました。するとまた、いつものように娘はその最中に首を絞めてくれ言います。塔一郎さんは軽く、首を絞める真似事をしました。娘はもっと、もっと、そんなんじゃ足りない、気持ちよくならないから強くしてくれとねだります。君を殺してしまいそうで、怖いんだと、お願いだから勘弁してくれ、そんなことを要求する君が怖くなったんだと塔一郎さんが拒むと、娘はあなたになら殺されてもいいと言うのです。

その答えがおそろしくて、塔一郎さんは脅えて娘から身体を離しました。

娘はその顔を見て、自分の何が塔一郎さんを遠ざけたのか悟ったのでしょう。無表情におとなしくベッドをすり抜けて部屋を出ていきます。納得してくれたのだろうかと塔一郎さんはホッとして、そのままひとりで眠りにつきました。

娘が三階の階段の手すりに縄をかけて首を吊っているのが発見されたのは翌朝です。

見つけたのは徳松の妻のほうでした。てるてる坊主のように、項垂れた女が揺れているのを、朝、天井を見上げて見つけた徳松の妻が大声で叫んだので、塔一郎さんも目が覚めたそうです。

さすがに騒ぎになり、塔一郎さんの両親にもわかってしまいました。

警察には自殺と処理され、塔一郎さんにとっては運がいいと言っていいのか、同じ日に列車が脱線してたくさんの人が亡くなった大きな事故があったおかげで新聞にも載りませんでした。

「僕が彼女を痛めつけてあげることができなかったから彼女は死んだ。彼女が可哀想だ」

私に何もかも洗いざらい話してくれた塔一郎さんは、最後にそう言って涙をこぼしました。

塔一郎さんの両親は、意外なことに、怒ることなく、息子に憐れみすら感じてはった様子だったそうです。

「お前が悪いんじゃない。お前は李作に似ているから――お前の血がそうさせたんや」

お義父さんは、そう言わはって、お義母さんは、泣いてはったそうや。

「私がどうしても子どもが欲しい言うて、お父さんと一緒になって――そのときは、この家に纏《まつ》わるものを断ち切れると思ってたのに――」

お義母さんはそう言うと号泣し、お義父さんは「お前のせいじゃなくて、俺が悪い」と慰めてはったそうです。

塔一郎さんは、意味がよぅわからんかったし、詳しく聞ける雰囲気でもなかった。ただ、李作という名の祖父を父が憎悪しているのだけはよくわかったって言うてはりました。

そやけど、「血」は関係ない、自分が悪いのだ、この娘を愛してしまった自分が――そうやって塔一郎さんは自分を責め続け、それもあって結婚が遅ぅなったんやそうです。

私は話を聞いて塔一郎さんの優しさや痛みや悲しい出来事を抱えてはった苦しみに泣きました。痛めつけられることでしか感じられなかった哀れな娘にも同情の涙を流しました。

ふたりで泣きながら強く抱き合い、もう一度熱く交わりました。


真実は私の予想を超えていましたが、そやからといって塔一郎さんと添い遂げる気持ちに揺らぎはありません。いいえ、それどころか塔一郎さんを想う気持ちは一層強うなりました。

あの鬼の娘の私を見る眼差しは、嫉妬《しっと》なんやろうか。自分の愛した男と結婚した女である私を恨んでいるんやろうか。それやったら、私が負けへんかったらええんです。どうせ、何もできひんのですから。私を上から睨みつけるだけしかできひん娘に、妻である私が脅えて逃げたらあかんのです。

私はふと、今、読んでいる『源氏物語』の六条御息所《ろくじょうのみやすどころ》の話を思い浮かべました。光源氏《ひかるげんじ》の愛人の六条御息所は、嫉妬して源氏の正妻である葵《あおい》の上のところに生霊を飛ばし苦しめて死に至らせます。この話を題材にした「葵上」という能の演目は、家族で観たことがありました。その中では、六畳御息所は鬼になってしまうのです。男を奪われそうになった嫉妬が、女を鬼にしたのです。

この屋敷におるのは、生霊ではなく、死霊です。そやけど、鬼であることは、変わらへん。あの鬼の娘は、塔一郎さんの妻である私を憎み、鬼になって現れとるんです。

塔一郎さんに捨てられた女よりも、愛されている女のほうが強いのだと私は何度も繰り返して自分に言い聞かせました。私は女として愛されることで強くなったんです。

今度、鬼を見たら睨み返してやろうと決めました。

ここは私の家なんやから、当然です。私と塔一郎さんの家で、たかが使用人の娘に脅える必要などあらへんのです。

塔一郎さんが東京に出張に行った日に、私は空がやけに赤い夕刻に部屋を出て下に向かいました。二階、一階と臙脂色の毛氈が敷かれた階段を下りてゆき、吹き抜けの真下に立ちました。

あんなにはっきりと意志を持って天井を眺めたのはこの家に来てはじめてのことです。

少女――いえ、小柄なだけで少女ではなく、立派な女です。そしてあれは人ではなく、鬼です。男を愛することを知っている、鬼になった女――が、私を待ち構えていたとばかりにそこにいました。

首を吊られて項垂れており、スカートがゆらゆらと震えるようにはためいています。瞼も口も閉じていて形がよくわかりません。生きている時は可愛らしい顔だったのでしょうか。今はのっぺりした黒い板に裂け目をつくったような不気味な顔にしか見えません。

確かにこうしてじっくり見ると、生きている、この世に存在している人間とは違います。ところどころ輪郭がぼやけているというか、身体の線が曖昧《あいまい》なのです。曖昧というのはその背景と溶け合っているように見えるのです。そのくせ角だけは、はっきりと見える。個体として存在しているのではなく、この家の空気としてそこにある、と言った感じでした。

鬼の娘がカッと眼をあけて、私をじっと睨みつけました。私は一瞬ひるみましたが、負けてはならないと足に力を入れ、歯を食いしばってその視線から逃げませんでした。

私と娘はどれぐらい目を合わせていたでしょうか。一瞬だったような気もしますし、永かったような気もします。

私だって本当は怖かったのです。だって人間ではないものと対峙《たいじ》しているんやもの。手足が震えているのはわかっていました。食いしばった歯がガチガチと音を立てているのも。そやけど塔一郎さんの妻として、これからもこの家におるんやったら負けたらあかん、この娘に負けたらあかんと——必死やったんです。

鬼の女がふと、今までにない表情を見せました。

泣いているような、笑っているような、憐れんでいるようなな——とても、優しい表情でした。

女の輪郭がさらにぼやけていき、背景に溶け込むようにして、消えていきました。


翌日塔一郎さんが帰宅しました。

「ひとりで怖くなかった？　寂しい想いをさせてすまない」

そう言って、ベッドの上で私の頭を撫でてくれます。

私は首を振り、塔一郎さんに私の想いを告げました。

「塔一郎さん、私、これから先、またあの女が現れても、ここから離れなくても、私はこの家におりたい。ずっとあなたの妻でいたいねん。何があっても、私はあなたのそばにおりたい、死ぬまで一緒に——」

私は自分の言葉に酔いしれて、涙がぽろぽろとこぼれてしまいました。

そんな私を塔一郎さんは痛いほど強く抱きしめてくれます。

「嬉しい、僕もいつまでも君を愛するよ。もっと、もっと、今以上に——ずっとこの家で

――」

私の涙が彼の胸を濡《ぬ》らします。塔一郎さんの体温が伝わると私の身体の熱も高まってきました。あの鬼の女はおそらく今、この瞬間もこの家にいて、私と塔一郎さんのやりとりも全て見ているかもしれへんけど、そんなこと、一向にかまわへん。これから先も、あの女がいようがいまいが、私たちは愛し合うんやから。どちらかが死ぬまで、ううん、死んでも、私と塔一郎さんはこうして肌を合わせ愛を交わしてゆくのです。

私がこれから塔一郎さんに与えられる想像もできないような至福の快楽、それを考えると何も怖いものなどないと思いました。

好きな男の肌にふれ、好きな男を身体の中に感じること以上に、女を幸せに、強くすることはあらへんのです。

私は自分から顔を近づけ塔一郎さんの唇を吸いました。舌を差し込み、かき回します。こうして女から求めてもいいこと、舌をつかうこと、全て塔一郎さんに教えてもらったことです。どこをどうすれば自分が感じるのか、塔一郎さんが悦ぶのかということも、全て。

そして私たちはこれからもっともっと、快楽を深めてゆくでしょう。

私たちは肌だけでは飽き足らず、お互いの粘膜も重ね合わせます。気持ちが高ぶっていたせいか、何もせずとも塔一郎さんのものは私の中にずぶずぶと入っていきました。

塔一郎さんが私の上になり、腰を動かします。私はもう躊躇いもなく悦びをとことん味わおうと、ひと突きされるごとに声を張り上げます。

徳松夫婦にも、あの女にも、聞かれてかまわへんのです。

男と女の愛と快楽よりも尊いものなどあらへんのやから。

鬼なんて、私は怖くない。

死んだ人間なんて、何もできひん、無力なもんに負けへん。

「お願い、もっと気持ちよくして——どんなことしてもええから——」

私は突かれながら、塔一郎さんに懇願しました。

「本当に、いいの？」

「ええの、塔一郎さんになら、何されてもいい——」

塔一郎さんは腰を動かしながら、笑みを浮かべました。

最初に会った時に、私が心を奪われた、優しげな笑顔です。

塔一郎さんは両手をそっと私の首に添えました。

「ここをぎゅっとすると、よく締まって、僕も気持ちいいし、あなたも苦しいのが悦びに変わるはずなんだよ」

塔一郎さんの指が私の首に軽く食い込みます。

「慣れてるから、大丈夫、安心して、もう二度と失敗はしない」

指が私の首にふれた瞬間に、本当はあの娘ではなく塔一郎さんがこれを望んだのだということがわかりました。ほんまはなんで死んだかいうことも。

そやけど、それがなんやっていうんでしょうか。塔一郎さんの望むことなら私は何でもしてあげたいし、心も身体も全て塔一郎さんのもんにして欲しい。

私は塔一郎さんが何をしようが何を望もうが拒みはしません。たとえあの娘のように鬼になったとしても悔いなどあらへんのです。

「苦しくなったら言ってくれ——殺しはしないから」

塔一郎さんの指にしめつけられて私は全身がぎゅっと縮まるような気がしてきました。頭の中が真っ白になり意識が薄れていくのがわかります。

思考を失うにつれ、私の脳裏にふたつの白い明かりが灯《とも》りました。あの、私を睨みつけていたふたつの眼です——憎しみだけやなくて、悲しみや、憐れみのまじった、あの瞳——。

あの鬼の娘はもしかして私に気づかせてくれようとしてたんやないんやろうか。そやから塔一郎さんがおる時には現れへんかったんかもしれん。

でもそれは、大きなお世話や。

「殺されてもいい――塔一郎さんにならーー死んでもいい、このままーー」

私はその言葉だけ発すると、愛する男とつながっている身体の芯《しん》から全身に広がる痙攣を味わいながら苦しみに酔いしれていました。

第四話　奥様の鬼

このお屋敷の前に大きな桜の樹があります。この家を建てた方の奥様の名前が「桜子」だったことから、かつて千本の桜が植えられていたという千本通の近くにこのお屋敷を建てられたそうです。

けれどそれもずいぶん前の明治の頃の話です。様々な人がこの屋敷の主人になり時間は過ぎていきましたが、あの桜だけは昔のままなんだよと、旦那《だんな》様が私に話してくださいました。

誰よりも長生きで、この屋敷で起こった全ての出来事を見ているあの桜――。

私が最初にこの屋敷に来たときは、ちょうど春で、桜の花が満開でした。

綺麗《きれい》だけど、寂しい――そう感じたのは、何故なのか、よくわかりません。

旦那様のお父様は実業家でした、松ケ谷塔一郎という名前です。旦那様の「塔彦《とうひこ》」は、父親から一文字もらったそうです。この屋敷は旦那様のご先祖が作られて、もともとその一族は陶磁器の輸出で財産をなし、後には鉄鋼関係の事業に移り、戦争の波に乗って利益を得たのです。しかし第二次世界大戦が終わると、「人を殺す武器で金儲《もう》けをした」と非難されたのもあり、アメリカの会社に買収を持ちかけられ、逆らえずに手放しました。

戦争が終わり、会社が無くなったけれど、先の旦那様は会社を売った金で幾つか不動産を購入し住宅を建て収入を得るようになり、悠々自適な生活をされていました。先の旦那様の奥様——塔彦様のお母さまですか？　その方は早くに亡くなったと聞いております。塔彦様を産み育てて、あるとき不幸な事故で——いえ、詳しいことは知りません。その後、先の旦那様は、新しい奥様を迎えることはしませんでしたが、何人も女性の出入りはあったそうです。

そして息子の塔彦様は、そのことをよくは思っておられません。だからこそ、最初の奥様を大事にされて、添い遂げようとされたのです。

塔彦様は、京都帝国大学を卒業され、そのまま大学に残り研究をされ、今でも大学で教えておられます。この屋敷の血筋で、そのように研究者になる者は珍しいと、先の旦那様がよくおっしゃっていました。先の旦那様は、今の旦那様と最初の奥様がご結婚された数年後には亡くなりました。この家の人間は長生きしないし、子どももひとりしか生まれないのだと、旦那様が口にされていたのが印象に残っております。

幼馴染《おさななじみ》だったという旦那様と奥様はとてもお似合いの仲の良いご夫婦でした。旦那様も奥様もすらっと背が高くて西洋人のようで……特に奥様は面長で、色の白い方でした。もっともそんな元気なご様子の奥様は写真の中だけでしか見たことがありません。

私が旦那様のもとに来た頃には、既に奥様は病気で臥《ふ》せっておられました。もともと使用人は徳松という名の夫婦がいたのですが、年をとっているのと奥様の看病が必要なのとで、当時、まだ十五歳になったばかりの私が雇われたのです。

私の家はこの京都の街よりはるか北にある港町です。昔は宿も多く栄えていました。私の家は、もとは漁師でしたが、父が足を悪くして仕事ができなくなり、その上に兄弟姉妹が多くて貧しい家でした。私は町の外に出たくて、人づてでこの屋敷の使用人として雇われたのです。

私が働きはじめて一年と少しも経たないうちに奥様は亡くなりました。旦那様の嘆き悲しみようは傍《はた》からみていても大変なものでした。

もちろん、私自身も悲しくてたまりません。奥様は、お世話になったのは短い間だったとはいえ、親と離れてひとりで京都まで来た私に、ご自身がご病気であるにもかかわらず、何かと気遣いをしてくださいましたから。

奥様は、亡くなる前は、家に戻りたいと願われて、病院から家に移られました。私の手をとって、「あの人を、お願い。ひとりでは何もできない人だから……」そうやって、最後まで旦那様のことを思いやられていました。

それなのに――奥様の死から半年後に旦那様は再婚されたのです。

驚きはしましたが、嫌な予感はしておりました。新しい奥様――いえ、私はそのように呼びたくないので、これから「あの女」と呼ぶことにしましょう――は、私の知る女でした。私だけではなく、前の奥様もご存じです。

旦那様の教え子でした。教え子と言っても大学の学生ではなく、旦那様がときおり教えに行っていた学校の生徒です。ですから旦那様と年は十五歳ほど、離れているはずです。真理乃《まりの》、という名前でした。どこぞの田舎の人間が金貸しで財を成し、その男の娘なのだと聞いております。下品な成り上がりの家の育ちが悪い女です。

私の知る限りでは、旦那様の教え子たちが家を訪れたのは一度だけです。既に奥様は臥せっておられましたが、お見舞いにと果物などを持ってきたのです。病人のいる家に迷惑だと内心思いましたが、居間で旦那様がその女たちの相手をされているところにお茶を運びました。

具合が悪いはずの奥様も、せっかく来てくださったのだからと、遠慮がちに、居間に姿を見せました。あの、痩《や》せた、病に冒され、さらに白くなったお顔で無理に笑顔をつくられるのを見ていて、無遠慮な生徒たちにどれだけ腹が立ったことでしょう。奥様は一番お気に入りだった、矢絣《やがすり》の着物を襦袢《じゅばん》の上に着ておられました。

五人の生徒の中で、あの女のことを一番覚えているのは、一番小柄で、一番声が甲高かったからです。身体は子どものようですが、大きすぎる目と、下品な厚い唇――いかにも自己主張が強そうな顔が印象に残っています。

私がお茶とお菓子を出しますと、他の生徒は「ありがとう」と声をかけてくれたのに、あの女だけ一瞥《いちべつ》もしなかったのは、使用人に御礼など言う必要はないと見下していたのでしょう。

私は一瞬で、あの女が嫌いになりました。

それなのに、まさかそんな女に仕えるはめになるなんて――。


あれは桜が散ったあとの季節だったので、五月のことでしょうか。その頃には、もともといた使用人の徳松夫婦が、体調を崩しやめてしまったので、旦那様と私のふたり暮らしになっていました。

ふたりきりの生活は、寂しくてもそれなりに穏やかに過ぎ去っていきました。

けれど、旦那様の変化に全く気がつかなかったのは、私が幼かったからなのでしょうか。

「話があるんだ。大事な話が」

そう言われたのは、夕食の給仕をしている最中でした。

私はまさか、そんな大きな変化が既に起こっているとは全く気づかずに、「なんでございますか」と、能天気に聞き返しました。

すると、旦那様は困ったような、恥ずかしそうな表情をされて……でも嬉《うれ》しげで……そんな顔を見るのは奥様が亡くなって以来、はじめてのことでした。

「結婚することにした。二度目なので派手なことはしないけれど」

そう言われて、私は仰天しました。

奥様が亡くなって半年の間に、旦那様に何があったのでしょう――。

私に打ち明けられたときには、既に話は進んでいたらしく、その翌々月にはあの女が私の主人となったのです。

あとで噂を聞いたり、自分で推測したのですが、前の奥様が病に臥せり、弱った旦那様にあの女は同情のそぶりを見せて近づいたのです。もちろん最初から妻の座を狙っていたのに違いありません。成り上がりの娘のあの女は、名誉と地位を欲しがっていました。将来有望な学者の妻という座のために、旦那様を籠絡《ろうらく》したのです。

ひたすら若い頃から学問の道に邁進《まいしん》し、幼馴染である前の奥様をただ一途《いちず》に愛し続けてきた旦那様は、悲しいかな世間知らずで人のずるさ――なかでも女がどれだけしたたかで嘘つきな生き物なのかを、ご存じありませんでした。

前の奥様が本当にお優しく真っ直ぐに旦那様を想っておられたので、旦那様は女の言葉の裏側や媚《こ》びや身勝手さなど、ご存じないのです。

「日に日に弱っていく妻の姿を見ても僕は泣けなかった。悲しいはずなのに、泣けない。やがて訪れる妻の死を、心が受け入れることを拒否していたんだと思う。そんなときに、真理乃は、急に僕の前で涙を流した。どうして君がと問うと、あなたにそれだけ愛されている奥様が幸せに思えて、泣いたって言うんだ――僕は、あの真理乃の言葉に救われた。妻が亡くなったときに、僕は人目もはばからず号泣できて、それでずいぶんと楽になった」

旦那様は、そうおっしゃいましたが、私は大きな声で違います！　と叫びたい衝動を抑えるのに必死でした。

嘘に決まっているじゃありませんか。旦那様に愛された奥様が幸せだと感動して泣くような女が、その奥様が亡くなってすぐに妻の座にいすわろうなんて望むはずがありません。

それでも純真な旦那様は、あの女を疑っていません。涙など、女ならだれでもすぐに流せるのだと、言ってやりたかった。

すっかり旦那様はあの女の手に落ちていました。私は前の奥様が気の毒でなりませんけれど、たかだか使用人に何ができましょうか。

あの女は西洋趣味で、この屋敷が大層気に入ったようでした。もしかすると、以前、この屋敷を訪れたときに、この屋敷を手に入れるために旦那様を狙うことに決めたのかもしれません。

私は旦那様のおっしゃったとおりに、引き続きこの屋敷で働かせていただけるようになりました。けれど、仕える女主人が替わった途端、私の生活は全く違ったものになってしまったのです。

あの女は家だけではなく、普段から身に着けるものも洋風を好みました。私から見たら、子どものように背の低い女がドレスなどを身に着けても、滑稽《こっけい》な仮装にしか思えません。けれどあの女はまるで自分を西洋の人形のように見せようと、レースや宝石で飾り立てていたのです。

虚栄心が強いあの女は、人が集まるところに行きたがりました。本来、旦那様は学者肌の地味な方で、社交的ではないはずなのに、父親の人脈で財界の人間が集まるパーティなどに旦那様を連れていき、自分は気鋭の学者の妻だと誇示していました。

そしてそのためにドレスや宝石を買うのです。こぎれいな洋館の一室はあの女の服などでいっぱいになりました。

宝石はふたりの寝室の開き戸の床下に隠されていたのを知っています。そこはもともと泥棒などが入った時に盗《と》られないようにと貴重品を隠すような仕掛けがありました。一見、普通の板なのですが、傷のように見えるひっかかりを指で押すと、蓋《ふた》が開きます。そのとりつけられた箱は、あの女の宝石入れとなっていました。普段はそこには布をかぶせてあるので、見えないようになっています。

前の奥様とはえらい違いです。前の奥様は質素な木綿の着物を普段着てらして、亡くなる前にその着物を私に譲ってくださろうとしました。私も女としては背の高いほうなので、前の奥様の着物はぴったりでした。

なのに――奥様が亡くなったあとで、捨ててくれと旦那様に頼まれたのです。

「気にしているんだよ、前の妻のことを。『あなたが愛した人だから思い出は大切にしたいけれど、だからこそ私は前の奥様の影を見たくない』と言われたから、全て捨てることにした」

私が持っていてもダメなのですかと聞くと、旦那様は哀しそうにかぶりをふりました。

「彼女は大事に育てられた繊細な娘だ。彼女が見て少しでも傷つくようなものは、この家には置きたくない」

わかりましたと頭をさげ、私は奥様の着物を捨てたと旦那様には申し上げましたが、実は何枚か隠し持っていました。そうでないと、あまりにも奥様が可哀想です。

きっとあの女は本音では、前の奥様の代から旦那様に仕えている私のことも煙たく思っていたに違いありません。やめさせたがっていたのは知っています。けれど、家のことをよくしてくれるから、身よりがないも同然だからと、旦那様が私を雇い続けてくれていたのです。

あの女には、散々嫌な目にあわされました。家のことなど全くしません。それは使用人の仕事であるので構いませんが、私の仕事をわざと増やしているのだとしか思えませんでした。

あの女の洋服の手入れは私の仕事でしたが、少しでも埃《ほこり》などがついているとちくちくと厭味《いやみ》を言います。

「本当はお前には触らせたくないのよね。高級なものだから、汚されたら困る」

そう言いながら、私に洋服を繕わせるのです。

「可哀想に、一生、こういうのを身に着けることはないでしょうね。でも、お前にはあげないからね」

もらっても、お前のような背の低い女の服は私には合わないと言ってやりたい気持ちをこらえました。

食事でもそうです。あの女は洋食を好みました。朝はパンでないと嫌と言いますが、旦那様は和食がお好きなので、私は毎朝、洋食と和食とどちらも用意します。それにくわえて、旦那様のお弁当も作っていました。

旦那様の食事を作るのは何の苦にもなりませんが、あの女はパンはどこの店でないと嫌だ、バターはどこのじゃないと嫌だといちいち注文を付けるので、入手するのも一苦労でした。

私は京都の街で一番大きな輸入食品を扱っている店に、週に何度かあの女のために買い出しに通うはめになりました。

育ちが悪いせいで、食べ方も汚らしく、パンのくずを床に落とすのですが、片づけるのはもちろん私の仕事です。だらしない女なのです。靴も脱ぎ散らかして、整理整頓《せいとん》が全くできません。それなのに旦那様の目には、そういう雑さやだらしなさが「若いから、可愛らしい」と映るのは、あの女を見る愛おしげな目線でわかります。

旦那様はあの女にすっかり心を奪われておられました。それは寝室の様子を見てもわかります。旦那様が大学に行かれ、あの女は退屈だと実家に帰ったり学校時代の友人と芝居を観に行ったりなどと家を空けることも多かったのですが、その間に夫婦の寝室を私は掃除しておりましたから、夜、そこで何が行われていたのかも知っております。

ふたりは大きなフランス製のベッドで眠っていました。そのシーツがどれだけ乱れ、汚れているか……私も若いとはいえ、子どもではないのですから、承知しております。旦那様は気づかないのでしょうか、私が夫婦の営みの後始末をどれだけ嫌悪感を抱きながらしていたか。旦那様は、とても勉強熱心で学問に精進されている方でしたが、大人の男としては、何かが欠けていたのです。だから、あの女の手練手管にまんまと翻弄《ほんろう》されていました。

最初の頃は、旦那様は私の目を気にしておられましたが、次第にあの女のせいで平気になったのか、私が台所で洗い物をしているときに、ふと布巾《ふきん》をとりに居間に戻ると、椅子に座る旦那様の膝《ひざ》の上にあの女が座って頬ずりしている光景を見てしまったこともあります。

あの女は旦那様がいなくなってから、私に「お前がうろうろしてるから迷惑なのよ。ちゃんと部屋に入るときはノックしなさいよ、育ちが悪いんだから」とわざわざ言いに来ました。

あの女は私のすることには常に難癖をつけて、きつく叱りました。時には手で突かれたり、頬を平手打ちされたこともあります。自分より小柄な子どものようなあの女にそうされることは屈辱を感じると同時に滑稽でもありました。笑うことで、見下すことで、私は耐えていたのです。

けれどあの女はしたたかで、旦那様の前では一切、そのように私をいじめる様子など見せません。あくまで可愛い妻を演じているのです。もういい大人のくせに、甘えた声を出して子どものような喋《しゃべ》り方をするのも、気持ちが悪いだけでした。

私は前の奥様が亡くなる前に「あの人を、お願い」と頼まれていますし、旦那様のことも慕っております。

何より――今更、他に行く場所もないのです。だからこの家で働き続けたいと願ってはいましたが、あの女にこうしていじめ続けられるのかと思うと重い気分になりました。どうしたらいいのでしょうか――。

答えはひとつしかありません。自分がこの家を離れたくなければ、あの女を追い出すしかないのです。

私はそれから、ときおり、「鉄輪《かなわ》の井戸」に行き、水を汲《く》んで持って帰るようになりました。

鉄輪の井戸は京都の真ん中らへんの路地の奥にあり、「鐵輪跡」という碑の奥に井戸と、その傍にお稲荷さんがありました。

鉄輪の井戸の話は、前の奥様が、話してくれたことがありました。

「子どもの頃に住んでいた家の近くにあったんや。鉄輪の話は有名やけど、井戸がほんまにあるのを知らん人は多いやろうなぁ。私は子どももやったから、ようわからんと、その井戸に石を落として遊んでて、あとで親に怒られたことあったわ。あんたは、鉄輪の話は知っとるか」

奥様にそう問われても、私は貧しくて学校をまともに出ていませんし、教養などないから知りません。

「ある女が、夫の心が新しい女に移ったのを恨みに思って、貴船《きぶね》の神さまに丑《うし》の刻参りをして呪ったんや。女は憎しみのあまり、鬼の姿になった。そやけど陰陽師《おんみょうじ》に呪いを跳ね返され、その井戸のところで息絶えてしもた。それからその井戸の水は、縁を切りたい相手に飲ませると御利益があると言うふうになったんやて」

何故、奥様が私にそんな話をされたのかはわかりませんが、優しい奥様が呪いの水の話をするなんてと意外に思い、印象に残っていたのです。

今、思うと――奥様は、自分が亡くなったあとに、こうしてズケズケと我がもの顔で入り込んできたあの女のことを何かしら予感していたのではないでしょうか。

だから私は、奥様の命を受けたつもりで、あの井戸を見つけ出し、水を汲んで、あの女が紅茶を飲みたいと望んだ際に、鉄輪の井戸の水を混ぜていたのです。

この家から、出ていけ。

旦那様との縁を切れ。

そう、唱えながら。


あの女が前の奥様を知る私を嫌うのは、嫉妬《しっと》よりも脅《おび》えているのだということには気づいていました。あの女の中にも罪悪感はあるのでしょう。前の奥様が生きていらっしゃる頃から、旦那様に近づいて、その死と同時に妻の座を手に入れた罪悪感が。だから前の奥様の存在を恐れているのです。

恐れは弱点です。それならば、弱点をついてやればいい。

私があの女を追い出そうと決断してからやったことは、鉄輪の井戸の水を飲ますことだけではなく、前の奥様を蘇《よみがえ》らせようとしたのです。もちろん、死者を召喚することなど、できません。前の奥様の幽霊をあの女に見せてやろうと思ったのです。

どうやって――？　幽霊を、私が作ればいいだけの話ではありませんか。

私は幽霊など信じていません。だって見たことがないんですもの。けれどだからといって脅えないわけではないのです。あの女だって同じだったはずです。

私はあの女が、旦那様との激しい営みを行った夜に、夏場は一階の風呂場《ふろば》で水を浴びるのを知っていました。「私は綺麗好きなの――」私の掃除にケチをつけるときに、いつも口にしていた言葉の通り、汗まみれのまま寝るのが嫌だったようです。

私は母屋と隣接した離れの小屋に住んでいたのですが、風呂場の水音はいつも聞こえてきました。ですから夜遅くに水音がしたら、あの女と旦那様が交わったのがわかるのです。

私はあの女が水浴びを終え、ネグリジェに着替えて風呂場から居間を通って、二階に続く階段を上がっていくときに、わざと、昼間に外で拾ってきた小さな石を落として音をたてました。

「きゃあああ――っ!!」

うつむいていましたので、あの女がどんな顔をしていたのかわかりません。あの女の悲鳴を聞いた瞬間、私はすっと身を隠しました。

私は前の奥様の木綿の矢絣の着物を着て、髪の毛を前にたらし、居間の扉の隙間に立っていました。それだけです。階段の傍の窓からは月明かりが入り、月の出る夜は電気がなくてもうっすらと階段や踊り場の様子がわかるのです。薄暗くて、ちょうどよかった。

私はそのまま音をたてずに自分の部屋に戻り、自分の寝間着の上に羽織った前の奥様の着物を押し入れに隠して布団に入りました。

何やらバタバタという音がします。あの女の声も途切れ途切れに聞こえてきました。

「今……いたのよ」

「何が？」

「――――」

そうして私の部屋の扉をたたく音がしました。

私が目をこすりながらあけると、寝間着を着たままの旦那様がいます。

「……どうされましたか？」

私はあくびをかみ殺しました。

「お前、さっき母屋のほうにいなかったか？」

「いいえ、寝ていましたので……何かあったんですか？」

私の着古した白い寝間着を見たあの女は、「違う」と言いました。

「着ているものが違う。それじゃなくて――」

あの女は黙りました。前の奥様の着物だと気づいたのでしょうか。

「寝ぼけてたんだよ、騒がしてごめんな」

旦那様は私にそう謝って、あの女の肩を抱き屋敷に戻っていきます。

私はその後ろ姿を見ながら、絶対にあの女を追い出してやるのだと心に決めました。

次に私が行動をおこしたのは、旦那様が学会の発表で東京に行かれた日の夜でした。あの女はどこかいつもと違い心細げなそぶりを見せ、めずらしく私を話し相手にしておりました。

「ねぇ、前の奥様って、どんな方だったの」

「背が高く、色白の、ほっそりした方でございました」

「会ったことあるから知ってるわよ。そうじゃなくて、性格はどうか聞いてるの」

「お優しくて、おとなしい方でした。亡くなる前も、自分がいなくなったあとの旦那様のことを大変心配しておられて」

「人を恨んだりするような方じゃないわよね……」

あの女が、そうつぶやいたのを、私は聞こえないふりをして台所に戻りました。前の奥様があの女を許しても、私は許さないのだと心の中で唱えながら。

私はお茶を台所から持ってきて、あの女の前に置きました。

「今日は満月ですよ」

「あら、そうなの？」

「寝室の窓からだと、さぞかしきれいに見えるでしょうね。桜の樹を月が照らす様子は見事ですよ」

そう言うと、あの女は、寝る前に眺めようかしらと小さく言いました。

私は台所の片づけに戻るふりをして、自室に戻り、藁箒《わらぼうき》に白い布をかぶせ、黒い糸をまとわりつかせたもので作った人形に前の奥様の着物を着せました。田んぼにある案山子《かかし》を想像してください。

その案山子のような人形を持って、そっと音を立てずに離れから出ました。

あの女が階段をものすごい勢いで下りてきて、台所で洋服の繕いをしている私のもとに来たのは、半刻ほどのちのことでしょうか。

「ねぇ、ちょっと……気のせいだと思うんだけど、二階に上がってきてほしいの」

「どうされました？」

「とにかく来なさいよ」

あの女はそう言って私を呼びました。

私が午前中に洗濯したシーツで整えたベッドのある寝室に入ります。

「桜の樹を見てよ」

女が私の背を押しました。

「何もありませんけど」

「嘘」

「本当です」

私がそう言うと、女はおそるおそるというふうに身を乗り出しました。

「だって、さっき、あそこから誰かがこっちを睨《にら》んでたのよ。桜の樹のうしろで、真っ白で、目だけ光ってて……」

「そんな様子はありません」

「……本当ね……何かを見間違えたのかしら」

あの女がもう帰っていいというので私は下がりました。目が光ったというのは、白い布に目の玉のようにとりつけたガラス玉に月明かりが反射しただけです。

ええ、私が二階に上がる間に、その仕掛けは桜の樹のところからなくなっています。

どうやって片づけたのか……それもあとでお話しします。

こんなこともありました。

あれも旦那様がいらっしゃらない夜です。私が台所で洗い物をしていると、「ひぃ」と大きく息を吸う音が聞こえました。

私はわざと、ここにいますよと言わんばかりに水音を立てています。

台所の窓から外を眺めると、桜の樹の下にぼんやりと光が蠢《うごめ》いています。蠟燭《ろうそく》なのですが、土の中に白い部分を埋めて火をつけたのを三つほど仕掛けたのです。あの女の目には光が人魂《ひとだま》に見えればいいと願いながら。

その翌日、朝食の席で、わざと私はこう聞きました。

「奥様、昨夜遅く、外にいらっしゃいました？」

「まさか――いないわよ。ずっと寝室にいたわ」

あの女の紅茶のカップを持つ手が震えます。ヨーロッパの贅沢《ぜいたく》な紅茶です。

「あら？　草がすれる音が聞こえていたので、奥様が散歩でもなさっているのかと――」

「……何かの間違いじゃないの」

「ランプを持っておられた気がしたんですけどね」

「違うわよ」

「桜の樹の近くに誰かいたような気配がしましたが、私の気のせいだったんですね」

「お前、見たの？　何か」

「いえ、誰もおりませんでした。ですから奥様は部屋に戻られたのかと」

「何も見なかったの？」

「全く。いつものとおりの庭でした」

あの女の顔が蒼白《そうはく》になりました。

カップに口をつけてはいますが、歯が震えてガチガチとなっています。

その日の夜に戻られた旦那様にあの女が「なるべく家にいて」と泣き声ですがっているのを耳にして、あともうひと押しだと私は思いました。

決定的に、あの女に「幽霊」を見せなければなりません。


もちろん、私ひとりでできることには限界がありました。それに、旦那様がいない夜は、屋敷には私とあの女のふたりきりですから、私が疑われだすと全てが台無しです。ですから、私の味方をつくりました。

あの女がここに来てから、庭の草花の手入れ専門の庭師が雇われました。小さな庭とはいえ私は、家事だけで手いっぱいでしたから、週に二度だけ、私の父親ほどの年齢の庭師がやってきたのです。なんでも、旦那様と同じ大学の教授の紹介という話でした。

醜い男でした。太っていて、いつも汗をかいていて背筋が丸まっています。愛想もよくないのですが、ただ勤勉で黙々と仕事をする男でした。奥様は、最初からその男を無視していましたし――私に対して見下した態度をとるのと同じで、使用人など自分と同じ人間だとは思っていないのです。

私が週に二度、男の昼食を作り、持っていきました。家に入れるのは、あの女が許しませんでした。休憩所として、私の部屋を使えばいいとあの女は旦那様に提案していましたが、さすがに旦那様も、若い娘の私的な空間に男を入れるなんてと拒まれました。

けれど屋敷の傍にある小屋のような私の部屋の屋根の下が一番涼しくもあるので、いつも庭師はそこで休憩していました。

そのうちに、なんとなく話をするようになり、ずっと独り身だということも、故郷が新潟《にいがた》の海沿いの村だということも知りました。私は日本海側の村育ちなので、海のある貧しいよその村から来た人間ということで話が通じ、親しくなりました。

私が計画を持ちかけたのは、男に抱かれてからです。私に対する男の好意が、最初からそのようなものだとは察しておりました。ましてや独り身の男で、どう見ても女に不自由していそうですから、本当に、簡単でした。

さすがに昼間に不埒《ふらち》な真似はできませんが、夜に勝手口側の門の扉をあけて男を私の部屋に招き入れることは何度もしました。それぐらい私にとって、なんてことはありません。

京都の街に出てくる前、子どもの頃から私は男を知っていました。女のしるしが来たと同時に、親は私に客をとらせたのです。あの港町では、船乗りの男たちに身体を売る女がたくさんいましたし、貧しい家の女は皆、そうしていました。私の母親も父親と一緒になる前――いいえ、なってからも男に抱かれて金をもらっていましたので、それを特に不幸だと思ったこともありません。

ただ、船乗りの男たちからせしめる金なんて大したことはありませんし、親に渡していたら、私にはほとんど残らない。それに、あんな田舎の港町で身体を売って老いて死ぬのは絶対に嫌でした。母のようになりたくはありませんでした。だから私は、客の伝手《つて》を頼り、京都に働きに出たのです。

京都に来て、旦那様の家でお世話になってから、男を欲しくなる夜が、度々ありました。だってそれまで、毎日のように様々な男に抱かれていたのですもの。自分で慰めもしましたし、あの女のおつかいで通っていた輸入食品を扱う店の店主に声をかけられて何度か交わりもしてお小遣いとして手渡される金もため込んでいました。

あの女が私を嫌っていたのは……もしかしたら、私の行状に勘付いていたからかもしれません。いつも汚いものを見るかのような目で私を見て、追い出したがっていたのは。

自分の計画のために男に身を任せるのは私にとって何のためらいもないどころか、一瞬だけでも身体も満たされる、まさに一石二鳥だったのです。

女に飢えた男は、若い私の身体にむしゃぶりつきました。庭師の男は、ときおり女を買っているのだと申しておりましたが、私のように若い女はいない、と喜んでおります。

男が私に夢中になった頃に、私はあの女を追い出す計画を打ち明けました。

「私、前の奥様が可哀想で……とてもいい方だったのに、持ち物も捨てられて……私もいつ追い出されるかわからないの。前の奥様に可愛がられていたから、嫌われているの。ここを追い出されたら、私、あんたとも二度と会えなくなる。田舎に戻らないといけない……」

涙ながらに私がそう訴えると、男は憐れみのこもった表情を浮かべ、私を強く抱きしめました。

そうして庭師の男と私のふたりで「幽霊」を現れさせたのです。

はい、幽霊に見せかけた藁箒の上に布をかぶせた人形を片づけたのも、庭に蠟燭の火を仕掛けてあの女に見せたのちに始末したのも、あの男です。旦那様のいない昼間に、私があの女の給仕をしている際に、先に忍び込ませた庭師にわざと二階で音を立てさせたこともありました。ばたんばたんと、大きな音を。

「何？　今の？」

「どうされたのですか」

私はあくまで平静を装います。

「二階であんなにはっきりと物音がしたじゃない」

「え……私には何も聞こえませんでしたが……」

「嘘でしょ……あんなにはっきりと……お前確かめてきてよ」

「そうおっしゃるなら」

私は階段をのぼり二階に上がりました。私のうしろにおそるおそるあの女がついてきます。音を立てた庭師の姿はもうありません。

三階の物置部屋に隠れているのです。鍵《かぎ》は私が事前に開けておいたのです。

「誰もおりませんよ、やはり気のせいじゃ」

「……そんなはずはないのに」

あの女が脅える姿を見て、内心、笑ってやりたくてたまりませんでした。

あと少しであの女を追い出せると私は確信を持っていました。急がねば、あの女の心が弱っているうちに何とかせねば。

なぜなら、あの女が、心が不安定になって、旦那様に「なるべくそばにいて」「幽霊がいるの」「この屋敷を出たい」と訴えはじめたのを知ったからです。学者である旦那様は、最初から幽霊など信じておられません。

旦那様は、「彼女がどうも慣れない環境で不安になっているらしいから、僕のいないときは頼むよ」と私におっしゃいました。

この状態が続くならば、病院に連れていくよ、とも。

ですから――旦那様がいらっしゃらない日を待っている場合ではありません。

私は何度か寝た輸入食品店の店主に「眠れない」と頼んで、薬を手に入れました。

その日は、旦那様にはぐっすり眠ってもらいます。旦那様は寝る前に、紅茶を召し上がる習慣がありますので、私は薬を入れた紅茶をお持ちしました。

月の綺麗な夜でした。階段の傍のすりガラスの窓は月が光るほどに照らしてくれます。ちょうどいい明かりだと思いました。

ふたりが寝静まったであろう夜中に、私は前の奥様の矢絣の着物を身に纏《まと》い、顔を白く塗りたくりました。鏡の中の私は我ながら気持ち悪い顔をしています。目じりに赤い色を塗ると、まるで血の涙を流しているかのようです。

旦那様の紅茶には眠り薬を入れましたが、夕食の際に出したあの女の飲んだスープには、腹を下す薬を入れていました。それも輸入食品店の店主にもらったものです。腹下しの薬の効き目は深夜に訪れるはずでした。ですから私はふたりが二階に上がったあと、用事を済ませてから白塗りで一階の居間で待っていました。

旦那様に寝る前の紅茶を持っていった帰りに、私は二階の御手洗いの鍵に仕掛けをしました。これは庭師の男に教わったものです。針金を使い鍵があかないようにしておいたのです。とても簡単でした。

月が高くのぼり、私は居間から階段の傍のガラス窓を見上げていました。

「許さない――この家を出ていけ」

私は声に出さずに、口を動かしました。

まるで前の奥様が私に乗り移ったかのように感じたのです。

きっとさぞかし無念でしょう。あんなに仲睦《むつ》まじい夫婦だったのに――旦那様につけこんだあの女により、持ち物も捨てられて、まるで存在がなかったかのようにされるなんて――。

私が前の奥様の立場でしたら、絶対に死んでも死にきれない。こうして、幽霊になって現れます。私は前の奥様のことを思い出すと、悲しみがこみ上げてきました。けれど化粧がとれないように必死に涙をこらえました。そして悲しみのあとに訪れたのは、怒りです。あの女からの理不尽ないじめ……そして、何よりも、あんなにいい方である旦那様が、あの女の手練手管に惑わされてしまっていることへの、怒りです。

旦那様をあんな女に渡したくない。

あの人を、渡したくない。

私の心の中の声は、もはや自分のものなのか、前の奥様のものなのかわかりません。

耳を澄ましていると、ギィィと、寝室の扉が開く音がかすかに聞こえました。薬が効いてきたようです。

「あれ……どうして……」

ガチャガチャと御手洗いのドアのノブをひねる音とあの女の戸惑った声が聞こえてきました。

「どうしよう……何かはさまってるのかしら……仕方ないわね」

あの女が諦《あきら》めて、こちらに近づいてくるようです。一階の御手洗いを使うつもりです。私は死角になる部分に身をひそめました。女が、階段を下りようとする音が聞こえてきました。音を立てず、私は静かに階段の下に移動しました。

「ひっ！」

あの女の声が聞こえます。私はゆっくりと、顔をあげます。おろした髪の毛が、半分顔を隠しています。月の光が反射した無表情な白い顔で、じっと階段の途中にいるあの女を睨みつけてやりました。

私は無意識に涙を流していたようで、目の下の赤い色が流れているのに気づきましたが、かまいません。

「うそ……」

女が目を見開いて私を見ています。

私はすっと右手を前に出して、階段の傍の明かりの漏れる窓を指さしました。

「鬼――」

あの女は声にならない叫び声をあげました。窓の外には私と同じように白塗りの女の影が張り付いています。庭師に頼んで、再び藁箒に布を巻き付け人形を作り、すりガラスに張り付けさせているのです。

女はそのままふらっと力をなくして、階段を転げ落ちました。ばたんばたんと、規則正しい音を立てて転がり落ちるのと同時に、私はその場から立ち去りました。


旦那様がこんなに嘆き悲しまれるのを見たのは、二度目です。

前の奥様の葬儀のときと、あの女の葬儀の、二度です。

けれど、前の奥様の葬儀のときほどに、私は旦那様に同情はいたしませんでした。だって、あれだけ泣いていたくせに、すでにあのときは、あの女と情を通じていたかもしれないのですから。そうして女を妻に迎えると同時に、前の奥様の持ち物も捨てられました。

あの女が階段から落ちて頭を打って亡くなったのは、予想外の出来事でした。私は幽霊を見せて、驚かせて追い出すだけのつもりでしたから。

あの日の朝早く、旦那様がものすごい形相で私の部屋の扉を叩《たた》かれました。

「大変だ」

旦那様は蒼白になり、ただ口をぱくぱく動かしておられました。その手には血が滲《にじ》んでいます。私はもちろん何も知らぬふりで母屋に入り、女が頭から血を流して階段の下に倒れているのを見て、悲鳴をあげました。一目見て、息が絶えているのはわかりました。

それからは大変でした。警察が来て――あの女は夜中に階段から足を踏み外して打ちどころが悪かったのだと、事故として処理されました。そうして葬儀があり、この家は、旦那様と私のふたりきりになりました。

あの女は、前の奥様が生きていらっしゃった頃から、旦那様に近づいていましたけれど、私は違います。私と旦那様がふたりきりになり、傷心の旦那様を私がずっと傍にいて慰めて――新しい女主人となったのは、とても自然な流れでした。

旦那様は、ひとりでは生きていけない方です。だから前の奥様――今では、あの女こそが「前の奥様」なのですが――が亡くなったらこうして誰かが寄り添わなければいけないのです。

「もう少し、彼女の話を聞いてやればよかった。気のせいだと聞き流していたけれど――この家で、前の妻の姿を見ると言っていたのは――彼女は病んでいたんだ。優しい娘だったから、罪悪感で病んでいたんだ」

あの女が優しいはずなどないと思っていたけれど、おくびにも出さず私は旦那様を慰めました。ただ、黙って旦那様の懺悔《ざんげ》を聞きながら、寄り添っていました。

「夜、何度も彼女は呻《うめ》いてて……鬼が私を殺しにくる、ベランダから見ている──そう泣いて訴えていた。僕には何も見えなかったから、疲れてるんだよとしか言ってあげられなくて」

ベランダから見ている──それは私では、ありません。

「あの、一階の屋根の端にいる鬼の人形……魔除《まよ》けだと聞いているけど……あれをある時から、異常に怖がりはじめた。人形だからって言っているのに」

確かにこのお屋敷の一階の屋根の鬼門の方角には、鬼の人形があります。私は今まで大して気にしたことはありませんでしたが──あの女がそんなに怯《おび》えていたのは初耳でした。

「鬼」なんて、私は知りません。私が見せようとしたのは、前の奥様の幽霊です。

「まさかこんなことになるなんて──夜中に、よく声が聞こえるのだと言っていた。『ゆるさない──ここは私の家だ』という声がして、自分を呼んでいるのだと。妄想だと叱りつけたけれど、早く医者に診せておけばよかった。彼女はきっと妄想の中の声に呼ばれて、階段に向かったんじゃないか」

旦那様は、そうもおっしゃっていましたが、声など、私は知りません。

「君にも初めて話すけど……僕の母も、この家の中で亡くなっている——事故で……詳しいことは父親も話してくれなかった……」

旦那様はそう言って、涙をこぼされました。

庭師はお金を与えるとどこかに去っていきました。私に対する執着よりも、金のありがたみのほうが強かったようです。

けれど去る前に、ひとつ気になることも言っていました。あの女が階段から落ちて亡くなったあの夜、私の指示通りにすりガラスに白い人形を張り付かせておくはずだったのに——庭師は、あの夜は起きられず、間に合わなかったのだと言うのです。だから自分は、あの夜は屋敷に行ってはいないと。

けれど確かに私も見たのです。あの女が見たのと、同じものを。

すりガラスに張り付いた、影を。

そして女が最後に口にした「鬼」とは、何のことでしょうか。

私の脳裏に、前の奥様が恨みのあまり鬼になり呪う——「鉄輪」の光景が浮かびましたが、気のせいです。前の奥様は、そんな方じゃなかった、はずです。

今、私は旦那様の新しい妻となり、あの女と同じ願いを持っています。この家を捨てて、新しい家に住みたい、と。

それが叶《かな》わぬ願いなのをわかっていても、思わずにはいられないのです。

旦那様は、この家を捨てる気などありません。けれど、私はこの家には住みたくない。一刻も早く、出ていきたいのです。

旦那様に訴えても、「病んでいる」と思われるだけなのは、あの女の件で、承知しています。

どうすればいいのか、わかりません。旦那様と一緒にいる限り、我慢しなければいけないのでしょうか。

私は旦那様の子どもを宿しました。だからこそ、旦那様は私を妻に迎えてくれたのですが、それゆえに、この大きな屋敷を離れる気はないと言われました。

「この家は、先祖が、代々の子孫たちが暮らせるようにと作ってくれた家だから」と。

前の奥様の幽霊など、いませんでした。いるはずがありません、私には見えなかった。

けれど、あの女は確かにまだ、この家にいるのです。似合わない洋装を身に着けた背の低いあの女は、ときおり旦那様のいらっしゃらない夜に、階段の下や踊り場でじっと佇《たたず》んでいます。

私が近づくと、白い表情のない顔を向けてきます。

その目は月の光を受けて刺さるように輝きます。まるで、私があの女を脅かすために仕掛けた人形の目につけたガラス玉のように。そして頭には二本の角が生えているのがはっきり見えました。

寝室の窓から、桜の樹の下にいるあの女がじっとこちらを眺めているのも何度か見つけてしまいました。

幽霊などいない、いるはずがないと思っていたのに。

いいえ、幽霊ではありません――あれは。幽霊よりも、もっと確かな存在の、ずっと昔からこの家にいる――鬼。けれどそれは、あの女の姿でもありました。

けれど、きっとあの女には前の奥様の姿が見えていたのでしょう。私に、あの女が見えるように。鬼になった奥様が――。

そうして最近は、旦那様と一緒に寝ていても、私にだけ声が聞こえてきます。

ゆるさない、ここは私の家だ――と。

第五話　守り鬼

幸せな人というのは、無知で鈍感な人のことなのです。

そして善人というのは、幼稚で愚かな人のことです。

僕はまさに、幸せな善人でした。


松ケ谷文彦《ふみひこ》とは高校の同級生で、一年生のときに同じクラスで隣の席だったことから親しくなりました。

僕が子どもの頃に父親が事業に失敗して借金を背負い、我が家の家計は大変苦しかったのですが、僕が私立の進学校に通えたのは、成績優秀なので中学の先生たちが勧めてくれたのと奨学金のおかげです。高校を卒業して働いていた兄が学費を援助してくれたのも大きかった。僕は家族をはじめ、先生たちの善意の恩恵を受けて高校に進学できたので、人の親切を嚙《か》みしめ、自分も人に優しく生きていこうと誓いました。

文彦は付属中学からの持ち上がりでした。僕も体格はよく運動神経も悪くなかったのですが、文彦は僕より背が高く、中学のときには陸上で府の代表にもなるほど運動神経もよく、成績も優秀で顔立ちも整い、爽《さわ》やかで人当たりがよく……非の打ちどころのない男でした。

それにくわえ、父は優秀な学者で、祖父の代までは実業家であり、先祖は薩摩藩士という名家の息子で、千本通近くの閑静な場所にある古い大きなお屋敷に住んでいると噂に聞きました。謙虚な男ですので、その話題になると、「そんないいもんじゃないよ」と言葉を濁しますが、文彦から漂う育ちの良さは誰もが認めるものでした。

僕たちは何故かウマが合い、親友となりました。親しくなればなるほど、文彦という男の立派さを僕は思い知ります。経済的に恵まれ頭も体格もよい文彦――また後に知ったのですが、彼の父親は国立大学の教授で著書も多い学者でした。

一点の曇りもない文彦という男の陰を目にしたのは、高校二年生の時です。僕は建築科に進学するつもりでしたので、文彦の家を見せてもらえないかと頼んだのです。

文彦の家は、改装や増築はされていますが、本館は明治時代の建築で様々な国の建築様式を盛り込んだものでした。昔は日本のみならず外国からの要人も訪れてその家でパーティをしていたそうです。それらのことは京都の近代建築の本に書かれていました。

本で文彦の家の様子を知った僕は、近代建築を学ぶ参考にしたいから一度本館の中に入れてもらえないかと頼んだのです。

「……いいよ。君の役に立つのなら」

一瞬の躊躇《ためら》いを見せたものの、文彦は承諾してくれました。その躊躇いが何だったのかというのは家に行ってすぐに知ることになります。

想像をはるかに超えた家の豪奢《ごうしゃ》な様子に僕は目を見張りました。家族は両親と兄だけで、他に使用人がふたりいるそうですが、使っていない部屋がほとんどだそうです。

豪華過ぎて落ち着かないからと文彦が言うのもわかります。文彦の父親は大学に籠《こ》もって研究したり学会で東京に行ったりすることも多く、母親は病気がちで入退院を繰り返しているとのことで、この日も両親は不在でした。

古くて豪奢な屋敷は、確かに生活するには不向きかもしれません。人の匂いがしないのです。生きている人間の温かみのようなものがない。けれど貧しくてボロボロの長屋で両親と祖父母と兄とで窮屈な生活をしている僕からすれば、憧《あこが》れのお屋敷でした。

屋敷は昼間なのに薄暗く重い空気が立ち込めて、見えない澱《おり》が沈んでいるような気がします。なぜか息苦しく、落ち着かない。けれどそれはこの屋敷の歴史ゆえだと解釈しました。古くから存在するということは、ここで亡くなった人もいるでしょうし、多くの人の人生を背負っているのですから。

玄関を入ってすぐの吹き抜けの真ん中に立って上を見上げると、天窓から明かりが入ってきます。階段は手すりに細やかな彫刻が施され、赤い毛氈《もうせん》が敷かれています。鮮やかな朱色は血のようだと思いました。

僕はため息を吐きました。舞踏会や結婚披露宴が開けそうなこの屋敷が個人の所有とは。維持費は大変そうだなと思いましたが、他にも不動産を幾つか所有しているそうなので食うのに困ることはないのでしょう。

「なんだ、あれは？」

天井に視線を戻した僕は、思わず声をあげました。

一瞬だけですが、天井の小さな窓に黒い影がよぎり日の光が遮られたのです。

「どうした？」

文彦に問われました。

蜘蛛《くも》のように天井を這《は》う黒いものが見えた気がしたのです――蜘蛛にしては大きすぎますが気のせいでしょう。

「いや、なんでもない」

「それならいいが――二階の部屋を案内しようか」

文彦の後についていて階段を上がります。二階に上がってすぐ右手の部屋は中国やペルシャの様式でした。壁には不似合いともいえる日本画が飾られていますが、著名な画家の作品だというのはすぐにわかりました。

　この部屋の窓からは桜が見えます。大きな桜で、この屋敷ができる前からあり、この屋敷を建てた人の妻の名が桜子だったことから、桜にちなんでこの土地を買ったのだとも聞きました。

　今は花はなく、か細い枝と木肌を見せて、まるで痩《や》せ細った老人のようです。春になると華やかな花の衣を纏《まと》い、艶《あで》やかな娘のように咲き誇るのでしょうけれど、春以外の季節はこんなにも貧相なのだというのを初めて知りました。

「この窓から桜が見えるのか……。さぞかし春は見事だろうな。月明かりの下で眺める夜桜は、綺麗《きれい》だろう」

「……夜はこの窓からはあの桜を見ないんだ」

　文彦が、らしくない、そっけない口調でそう言いました。あの桜を見ない――その言葉の意味がわかりませんが、ふれて欲しくないのは察したので、僕も話を変えました。

「文彦、あれは何だい？」

「ん？　どうした？」

「一階の屋根の先にあるのは鍾馗さまか？　それにしては形が違うような……」

　鍾馗さまというのは京都の家の大屋根や小屋根の軒先によく見かける長い鬚《ひげ》を蓄え、中国の官人の衣装を着て剣を持った瓦製《かわら》の人形のことです。昔、京都三条《さんじょう》の薬屋が立派な鬼瓦を飾ったところ、向かいの家の住人が突如原因不明の病に倒れたが、これは薬屋の鬼瓦に跳ね返った悪いものが向かいの家に入ったのが原因と考え、鬼より強い鍾馗を作らせて魔除《まよ》けとして据え、住人の病を完治させたという謂《いわ》れがあるのは知っていました。

けれど、この窓から見える、屋根の先に据えてある人形は、どうも普通の家にある鍾馗さまではなく、頭にふたつ角があって、まるで――。

「あれは守り鬼だよ」

「守り鬼？」

「あの方角は北東――鬼門だろ？　この屋敷を建てたときからある魔除けのお守りみたいなものらしいんだ」

そう言われて僕はその部屋の窓から離れ、文彦について、隣の部屋に向かいました。

「ここは納戸みたいなもんだ。普段は入らず、たまに空気を入れ替えるぐらいなんだ」

文彦がそう言いながら両開きの扉を開けます。その瞬間、重い空気がゲップのように吐きだされた気がしました。

僕は、驚きのあまり声が出ませんでした。

カーテンで光が遮られた暗い部屋に、人がいたからです。

女です。髪の毛が腰まであり、真っ黒ですが艶《つや》のない重い毛でした。

そして——古くさい白い膝上丈《ひざうえたけ》のワンピースを身に着けているのですが、そこからはみ出た脛《すね》には黒い毛が見えます。僕と同じぐらいの身長で、肩幅があり胸がなく、痩せこけて顔色は青白く唇は乾燥して、怯《おび》えた目でこちらを見ています。

まるで幽霊のようなこの女の顔は——。

「何してるんだ！」

文彦の怒鳴り声で、僕はその女が幽霊ではないことを知り安堵《あんど》しました。

「今日は友だちが来るから、そういう格好はやめろって言ったじゃないか」

ここに来て僕は気づきました。女ではありません、男です。

そして痩せていて不健康な顔色と怯えた表情のせいで、最初はわかりませんでしたが——文彦と同じ顔をしています。

女の格好をした男は、こくんと頭を下げて、早足で僕たちの傍をすり抜けて、音を立てずに階段を降りていきました。

文彦は大きなため息を吐いたあとで、「ごめん」と僕に謝りました。

「謝ることはないが——」

「驚いただろう。すまない……君になら話してもいいか。あれは僕の双子の兄だ」

僕は言葉を失いました。文彦に兄がいるというのは聞いたことがありましたが、まさか双子だったとは――そしてあの異様な姿を目の当たりにして、動揺せずにはいられませんでした。

非の打ちどころのない、太陽のような文彦という男を遮る一点の黒い影が――あの兄だったのです。

茶でも飲んで一息つこうかと言われ、僕は文彦の暮らす日本家屋の八畳の洋室に入り、使用人の女性のいれた紅茶を飲みながら話を聞きました。

「……子どもの頃からああなんだ。女の格好をしたがり……身体が弱くて病気がちで、言葉も発さないから入退院を繰り返していた。人と接するのが苦手らしくて中学もほとんど行かず、高校も入学はしたものの退学した。それからはずっと家にいる。ああやって女の格好をしたがるだけで害はないから……親も好きにさせてる」

文彦は語りながら苦しげな表情をしていました。

正直に告白しますと、僕はそのとき密かに興奮していたのです。

全てにおいて人より優れ、絶対に勝てない存在であった完璧《かんぺき》な文彦という男に、そんな

「陰」があったとは!!

「呪いだ」

「呪い？」

「この家には、呪いがかかっている。だから兄はあんなふうに生まれた。たまにこういうことが起こる」

「こういう、こと？」

「不思議なことというのかな――因縁とか――あまり僕はそういうの信じていないんだけれども、変な死に方をする人間がいたり、屋敷の中に何かが現れたり――僕の母親は父の三人目の妻なんだけど、最初の妻は若くして病死し、前の奥さんは家の中で事故死しているらしい。母も、たまに言動がおかしくて……病院と家を行ったりきたりしている」

そのときに、文彦の母親の「病気」は、身体だけではなく心もだと知りました。

「屋敷の中に何かが現れたりとかって？」

「僕は見たことがないし、父親も全く感じない。ただ、母は『鬼がいる』って、たまに口にする。もっともそれも病気のせいだって、父はまともに相手していない。父は学者だというこどもあり、現実主義者なんだよ。だけど僕は気持ちがいいもんじゃないから、あの鬼門の方角にある屋根の上の守り鬼も、本当は捨ててしまいたい。こういう古い屋敷だから、何かあるのかもしれない。僕が父の跡を継いだら、もうこの家は手放していいと思ってる。住むのには適していないし、無駄に豪華なだけだ。僕は結婚して家族を持って、普通の家で普通の暮らしがしたい……でも、無理だろうね」

文彦は重い声で、そう言いました。どうしてそんな暗い考えを持つのかと僕は疑問でした。文彦ならば健全な家庭を築けるだろうに。

けれど聞いたことのないような、深く沈んだ声でしたので、何も言えませんでした。

結婚して家族を持って、普通の家で普通の暮らしがしたい――そんな文彦の願いはやはり叶《かな》えられませんでした。

誰が想像したでしょう。若くて輝く未来を皆が信じていた文彦が突然亡くなるなんて。けれどそれは文彦らしい亡くなり方でもありました。川べりをランニングしていて、水遊びをしていた子どもが流れに巻き込まれてしまうのを見つけ、それを助けようとして、自分が濁流にのみ込まれたのです。

高校三年生の夏でした。通夜と告別式は文彦の死を心の底から嘆き悲しんでいる人たちでいっぱいでした。同級生、先生、そして両親――文彦の母は三度目の結婚相手とは聞いていましたので、文彦の父が白髪頭の老人なのには驚きませんでした。文彦の母親は痩せぎすのせいか皺《しわ》だらけで、泣きじゃくる姿が痛々しかったです。

きっと自慢の息子だったのでしょう。成績優秀で完璧な好青年でしたから。

文彦の棺《ひつぎ》の隣に、男が立っていました。あの時とは違い短髪で喪服を着ていましたが、すぐに気づきました。

文彦の兄の、綾彦《あやひこ》です。

お悔やみを述べると、文彦の母親が泣きながら僕の手を握りました。

「文彦は、いつもあなたの話をしていたの。自慢の大親友だって……ずっと仲良くしていたいって……だから私たち、あなたにいつかお会いしたくて、でもこんな形になってしまうなんて……。これを御縁に、またうちに来てくださる？　文彦の話をしに来てちょうだい——綾彦とも仲良くしてくれたら嬉《うれ》しいの」

僕は戸惑いました。家に行くぐらいならいいのですが、女装癖のある奇妙な男と仲良くしろと言われても困ります。けれど文彦の母親が今は混乱しているのもわかりますから、僕は頷《うなず》く以外にできません。

「お願いね——これも全て、鬼のせいなの。鬼がいるの、鬼が……」

僕の手を握った母親の目が虚《うつ》ろになり、震えて様子がおかしくなってきたのに気づきました。

隣にいた、文彦の父親と、親戚《しんせき》たちが、ハッと気づいた様子で、「疲れてるから」と、母親をどこかに連れていきましたが、その様子はとても手慣れていました。

その間も、綾彦が棺の中を眺めながらうっとりした表情を浮かべていたような気がしたのは、僕の見間違いだったのでしょうか。ただ呆然《ぼうぜん》としていたのかもしれません。

「牧雄《まきお》さん」

葬儀場を出ると、セーラー服の白いスカーフをゆらりとはためかせた美しい少女が僕の名前を呼びました。肩まであるさらさらの髪の毛、白い肌とアーモンドの形の瞳《ひとみ》、そしてほっそりとした足をプリーツスカートの下からのぞかせています。

「どうだった？」

「みんな泣いてた。そりゃあそうだね、文彦は誰もに好かれていたから」

「……いい人だったもん。私も大好きだった」

目を伏せた少女の手を僕は握りました。その目から真珠のような美しい涙がこぼれています。

少女──芙紗子《ふさこ》は、近くの女子高の三年生で同い年です。知り合ったのは文彦の紹介でした。文彦とふたりで四条河原町《しじょうかわらまち》を歩いているときに、文彦の小学校の同級生である芙紗子とばったり遭遇したのです。

二人は中学に入ってからもそれぞれ陸上部だったので大会などで顔を合わせていたそうです。せっかくだからと文彦と僕と芙紗子の三人で近くのフランソアという名曲喫茶で珈《コー》啡《ヒー》を飲みました。

僕は出会ったときから芙紗子に心を奪われていました。清らかなのに華があり、人ごみの中で彼女だけが光を放っているかのように見えたのです。

僕は連絡先を交換し、芙紗子を誘い出し、交際を申し込みました。芙紗子も最初は驚いたようですが、僕の申し出を受けてくれました。隠す必要もないと、芙紗子と恋人同士になったと文彦に報告すると、「お似合いのカップルだよ！」と、心の底から喜んでくれました。僕はホッとしました。内心、芙紗子のような素晴らしい女性に文彦も心を奪われているのではないかと疑っていたのですが、そのような様子はありませんでした。

何はともあれ僕たちは恋人同士となりました。芙紗子は優しく控えめだけれども、しっかりもので明るく可愛らしい申し分のない女性です。僕は幸せでした。

芙紗子の実家は京都の南にある、老舗の洋食屋で裕福な家庭でした。家に遊びに行っても芙紗子の両親は僕を優しくもてなしてくれて、彼女が家族に愛され恵まれて育ってきたのがよくわかります。文彦に対しても感じることですが、経済的な充実はもちろん、愛情も十分に注がれて育つと、人はこんなにもまっすぐに育つのです。

僕は正直に自分の境遇を話しました。父親に借金があり貧しく、奨学金で学校に通っていることも。それを話すには勇気が必要だったのですが、芙紗子は「ちっとも恥ずかしいことではないわよ。だってあなたは一生懸命生きてるんだもの」と受け入れてくれました。

ある日、芙紗子の家を出てバス停まで歩いている途中、僕はある石碑の前で足を止めました。

「ああ、ここ、昔、羅城門《らじようもん》があったの。平安京の南の門」

「羅城門て、あの、芥川龍之介《あくたがわりゆうのすけ》の小説に出てくる羅生門《らしようもん》？」

「そう、ここなの」

僕は驚きました。というのは、少し前に、文彦とふたりでベネチア国際映画祭でグランプリを受賞した黒澤明《くろさわあきら》の「羅生門」という映画を見て、感想を言い合っていたからです。あの映画は、芥川龍之介の「羅生門」と「藪《やぶ》の中」を題材にしたものでした。

「こんなふうに碑が残ってるなんて、知らなかった。すごいね」

「でしょ。ここは都のはずれ……今も静かなところだけど、昔は寂れていたのよね。羅城門には鬼が出るという噂が流れていたって話だから」

それは僕も、何となく聞いたことがありました。

「芥川の小説では、老婆が死人の髪の毛を抜いていたことになってるね。芥川の小説も、黒澤の映画も、人間の浅ましさ、エゴイズムを描いたものだった」

「鬼というのは、そんな人間の正体の暗喩《あんゆ》かもしれないわね。鬼って、もともとは人だから」

芙紗子の言葉に頷きました。それは、まさに先日、映画を見たあとで文彦が語っていたことと同じです。

人間ほど怖いものはない――鬼の正体は、人間だ、と。

文彦の葬式の最中は、そんな記憶もよみがえってきて胸が苦しくなりました。もう二度と、一緒に映画を見たり、語り合ったりすることはできないのです。

文彦の葬式に参列した後、芙紗子とふたりで川沿いを歩きました。文彦が亡くなったあの川です。芙紗子がハンカチを差し出しました。

気づかないうちに僕は泣いていました。

僕は現役で第一志望の国立大学の建築科に合格しました。入学すればエリートと呼ばれる難関大学でしたから、両親も芙紗子も喜んでくれました。

合格した後に、僕は文彦の家に行きました。この家を見学させてもらった恩もありますし、何より遊びに来てくれと文彦の母親に言われていたからです。

二回目に足を踏み入れた屋敷が以前よりも陰鬱《いんうつ》な空気を纏っているように思えたのは文彦の死ゆえでしょうか。真昼間で外は青空なのに、屋敷に一歩足を踏み入れると、重い空気に足をからめとられた気がしたのです。

屋敷の中で唯一明るいサンルームのテーブルに文彦の母親と綾彦と僕の三人で座って紅茶を飲みました。文彦の母親は葬儀の日よりも様子は落ち着いているようでしたが、明日からまた病院だと言っていました。

逆に綾彦は、最初に会ったときの印象とは違って、ずいぶんまともに見えました。おとなしくて気弱そうではあるけれど、見た感じは普通の青年です。もともと文彦と同じ顔立ちなので美男子であることにも気づきました。

その日は、思いのほか綾彦はよく喋《しゃべ》ります。こんなに饒舌《じょうぜつ》な男だとは知りませんでしたが、きっと母親を気遣ってのことでしょう。それまでは文彦という頼れる息子が家を支えていたのに、その存在がこの世から失われたのですから、残された兄がしっかりするしかありません。

会話の内容は、京都の古い建築物の話が主でした。綾彦は中学にもほとんど行かず、高校は中退していますが、本をよく読んでいるようでした。ときおりは気になる建物などを見にいくこともあるそうで、特にこの京都という街に残された古い家の様式などにとても詳しいのに驚きました。

「こういう家に住んでて、あちこち見ているとどうしても興味が湧いてしまって」

そう綾彦は語りました。おかげで、会話に詰まることがなく、楽しい時間を過ごすことができました。

だから、帰りしな、文彦の母親に「牧雄さん、またいらして」と言われて、「はい」と答えたのは当然の流れでした。

「今度は彼女も連れていらっしゃいよ」と言われて、文彦から芙紗子の存在が伝わっているのだと思うと照れ臭くもなりましたが、気の毒な母親が喜ぶならできるだけのことをしてあげようと思いました。

人の親切や思いやりにより今の僕があるのだから、僕も人には優しくしなければいけません。


そうして大学に入り、僕はちょくちょくあの屋敷をひとりで、時には芙紗子と共に訪れることになりました。思いのほか、僕は綾彦と仲良くなったのです。明るく健康的な好青年とまではいきませんが、文彦が亡くなってから、綾彦なりに残された跡取り息子として努力していたのかもしれません。外に出て人と接するのは相変わらず苦手そうでしたが、僕とは話が合い、本当の意味で友人となりました。芙紗子も奉仕精神あふれる優しい女性ですので、綾彦とも普通に接してくれます。

そうやって親しくなると、綾彦は自分の女装趣味についても話してくれました。もっとも僕は最初から彼の女装を見ているので、自分からも話す気になったのでしょう。

「おかしいのはわかってる。変態だと言われてもしょうがない……でも、僕は子どもの頃から女の子の可愛い洋服のほうが好きで、着たくてしょうがなかった。今だってそうだよ。できるだけ女の格好のほうがいい。男の服なんて嫌いだ。それに、この家には、華やかな女性の服のほうが似合うだろう？　いつかドレスを着てこの階段を降りてみたいんだ」

綾彦はうっとりしながら、そう語りました。

文彦と綾彦は双子で顔は同じですが、全てが真逆でした。男らしく社交的な文彦、女装が好きで内向的な綾彦。そのせいでしょうか、かつて文彦が「古くて重い空気があるから近寄りたくない。自分が跡を継いだら手放したい」と言っていたこの屋敷を、綾彦は大層気にいっているようでした。確かにこのクラシックで豪奢な洋館にはドレスが似合うでしょう。けれど綾彦はどう見ても男なのです。女の格好をしたとしても女ではありません。

僕の前で気を許したのか、綾彦はときおりワンピースを身に着けるようになりました。けれどその頃にはもう慣れていたので別段何とも思いません。女装癖を持つ男性や、同性愛者というのもテレビで見かけたことがありますし、街にはゲイバーというものもありました。大学にも同性愛者だと噂されている人がいます。最初こそ驚きましたが綾彦と親しくなった今、確かに自分とは違う人たちかもしれませんが、そこで差別的な感情は湧いてきませんでした。

「女装癖と同性愛は違うんだよ。同性愛者でも、男のままで男を好きな人も、たまたま男の身体に生まれただけで心は女という人もいる」

綾彦にはそう言われましたが、僕にはよくわかりませんでした。

芙紗子は女装姿の綾彦にも、ごくごく自然に接していました。

「不気味だとか思わないの？」

と、一度聞いたことがあります。普通の若い女性なら、あんなふうに綾彦に優しくできないでしょう。

「思わない。たまたま普通の男性とは違う趣味があるだけで、綾彦さんは知的で礼儀正しいもの。それに綾彦さんを見てると、亡くなった文彦さんを思い出して……こちらも優しくしてあげたくなるのよね」

そう口にした芙紗子は、本当に素晴らしい女性だと思いました。けれど芙紗子という女性の素晴らしさを痛感する度に、僕は自身のふがいなさに押しつぶされそうになるのです。

僕は大学の学費を稼ぐためにアルバイトをしていました。家庭教師なので短い時間で稼げるとはいえ、学校の勉強についていくのにも必死ですし遊ぶ暇はありません。それ以上に芙紗子に何もしてやれないのがつらいのです。高価なものをプレゼントしたり、旅行に行ったり、高い食事をおごってあげたりする財力が僕にはない。もちろん芙紗子は、僕の事情をわかってくれていましたから、我がままを言われたことはありませんけれど、そのものわかりのよさが苦しくもありました。

僕は必死に努力して生きてきました。前向きに生きて、人を羨《うらや》む暇があれば勉強をして――それでも心が折れそうになることはあります。

僕は大学に合格して、芙紗子と結ばれました。芙紗子も僕も経験はありませんでしたが、お互い既に気持ちは高まっていたので、不器用だけれども幸福な時間でした。

それからも僕はときおり芙紗子を抱いています。他の女には目もくれずに、芙紗子だけを愛しました。芙紗子の身体は細身ながら、服を脱がすと思いのほか胸のふくらみがありました。その柔らかさと白さと甘美な香りに顔を埋《うず》めると、僕は死んでもいいとすら思いました。

お互い若く経験も少ないなりにそれぞれの身体を知ろうと夢中になって、身体を重ねれば重ねるほどに、心だけではなく肉体の交わりも深まっていきました。

身体で愛し合うことを知ってはじめて人は人と繋《つな》がることができるのです。こんな幸福なことはありません。

僕は大学を卒業しましたが、経済的な理由で大学院に進むのを断念しました。お世話になった教授の口添えで全国的に支店を持つ大きな建設会社に入社して、早々に建築士の資格を取得しました。

僕が卒業したのは一流と言われる大学でしたし、本来ならばやっと少しばかり余裕のある生活が送れるはずでした。

けれど僕のために大学を諦《あきら》め働いて援助してくれた兄が体調を崩し、仕事を辞めざるをえなくなりました。そうなると家の経済は全て僕の肩にかかります。ここまで育ててくれた家族のために僕は必死に頑張るしかない。奨学金の返済と実家への援助に追われる僕を相変わらず芙紗子は支えてくれました。

しかしいつまでもそんな状態でいるわけにはいきません。芙紗子と結婚するつもりでした。幸せにしてやりたい。幸せというのは、ただ愛するだけではつかめないのだと身に染みてわかっています。安定した生活、のびのびと暮らせる住まい、そして娯楽も楽しめるような余裕がないと。

幸い、芙紗子自身が裕福な家の娘でしたので、恋人同士としてつきあっている分にはいいのですが、結婚するとなると話は別です。貧しい暮らしはさせたくなかった。

芙紗子の両親には可愛がってはもらったのですが、「この子は苦労知らずだから……結婚しても苦労はさせたくないの。おっとりしているから外で働くのも向いてないし、旦那《だんな》さんが守ってくれないとね」と、母親から言われたことがあります。遠回しに、うちの娘と結婚したいならばそこそこの収入を得てくれと言われたのです。僕の家が貧しいことは話してありましたが、有名な国立大学の学生だから将来を期待して芙紗子との交際を許してくれていたのでしょう。

僕は焦っていました。このままじゃいけない。だから入社して間もないとはいえ、上司に頼み込んで社内コンペに参加させてもらったのです。大きな取引だというのは知っていましたが、自信はありました。僕は今まで人一倍の努力をして、大学時代に書いた論文も高評価を受けています。教授たちも大学に残ってさらに学ぶことを勧めてくれていたぐらいです。

上司は「まだ経験が浅いが、参加するぐらいなら」と許してくれて、僕は今まで大学などで学んだ知識を駆使して設計案を作り上げ提出しました。

すると、それがたまたま大学の先輩でもあった本社の部長の目に留まり、採用されたのです。支社長も大喜びでしたし、何よりも僕自身が嬉しかった。サラリーマンだから個人で大きな利益を得ることはないのですが、昇進に強く影響するのは知っています。もしもそうなれば、鼻高々で芙紗子と結婚できるではありませんか。

そうして僕はそのプロジェクトに最年少で関わることになりました。ところが、強引に社内コンペに参加して採用された僕を気に入らない人たちがいるのにも気づいたのです。

学生時代もその頃も、僕は他の連中のように遊ばず常に努力をしてきました。飲み会などに誘われてもほとんど参加はしていません。経済的に余裕がないのが一番の理由ではあるのですが、「そんなことをしている暇があれば仕事に役立つ本を読んだり能力を高めることに時間を使うべきだ」と思ってもいましたし、つい口に出してしまったこともあります。

同僚同士で仕事の愚痴を言い合ったり馴《な》れ合ったりするのが好きではなかったので、僕は会社で孤立していましたが、仕事さえきちんとしていれば認められるのだと思っていました。

そういう態度が、どうも「お前らと俺とは違うんだよ」と、馬鹿にしていると思われていたようですし、実際に僕自身も他人を見下していたかもしれません。恵まれた連中と自分とでは仕事に対する真剣さが違うのだから、こいつらよりも早く上に行きたいと願っていました。焦っていたのもありますが、僕の持つ劣等感が周りに対する優越感となって態度に表れていたと、後になればわかります。

本当は誰よりも苦労をしているのに、エリートの苦労知らず、コネ野郎と陰口を叩《たた》かれました。相手にするのは馬鹿らしいと僕は毅然《きぜん》とした態度をとってきましたが、それがまた同僚たちの感情を逆なでしたようなのです。

それだけならいいのですが、信じられないことが起こりました。僕の案が採用されたプロジェクトが、スポンサーの急な方針転換により全て水の泡になったのです。後になって、スポンサーの会社の社長が急死して、次の社長が懇意にしている建設会社をゴリ押ししたのだという事情を聞きました。

自分が悪いわけでもないのに、僕は追い詰められていきました。理不尽なことがたくさんありました。これが社会というものなのでしょうか。計画がおじゃんになってから、同僚たちが僕の設計案が現実的ではないとか欠陥を次々にあげつらって上司に報告したのを聞いたときは、もうこの会社には居場所はないと思いました。

そんなときに高校の同級生であった松島《まつしま》という男から「建築士になったって聞いてるよ。一度会わないか」という電話がかかってきたのです。松島はあまり真面目な生徒ではありませんでしたが、気のいい男でした。確かどこかの私立の大学に進学していたはずです。

久々に会った松島は同い年なのに腹が出て貫禄《かんろく》がついていました。

差し出された名刺にはプランナーという聞きなれない肩書きがありました。

「大学卒業して不動産関係の仕事をやってるんだ」

高度経済成長の波に乗って、都会でもあちこちでマンションが造られていました。

松島の話によると、リゾート開発として地方にマンションを次々に建てて、その地方の行政と共に町おこしのプランにも携っているとのことです。松島が見せてくれたリゾートマンションのパンフレットは、日本の幾つかの海辺の地方のものでした。

「お金を持っている人間が、投資目的もあり、どんどん不動産につぎ込んでいる。これからもっと地方は活性化する。地元と結託すれば行政の援助もある。都会にはない安らぎ、くつろぎ、非日常を体験できるマンションを造っていこうとしているんだ。手伝ってくれないか？　一緒に新しい会社を作ろう」

松島が提示してきた報酬は、思いのほか良いものでした。迷いましたが心はかなり松島の話に傾いていました。今の会社でいくら出世してもサラリーマンの給料なんて知れています。どうせいつかは独立して自分の事務所を開くつもりで資格を取得したのですから、それが今である気がしました。

お金があれば芙紗子とも結婚でき、十分な暮らしをさせてやることができる――何よりもその想いが打ち勝ちました。僕が参加したプロジェクトが成功した暁には結婚してくれ――芙紗子にはそう伝えていましたが、それが失敗した今、何としても挽回《ばんかい》せねばいけません。

「ただし、会社を作るために出資金が必要だ。それはお互い、同じ額を用意しよう。対等にしないとあとで揉《も》めるからな」

どれぐらいかかるのだろうと不安がよぎりましたが、金が必要なのは当然でしょう。

「考えておくよ」

僕はそう答えましたが心の中では芙紗子との豊かな生活を想像して心が弾んでいました。


ただやはり僕にはお金がありません。奨学金の返済と実家への援助で毎月の給料は消えていき、貯金というほどの金もない。金融機関から借金はしたくありませんでした。銀行などは貸してくれるはずがないし、ローン会社や消費者金融になると、父が抱えた負債のせいで家族が苦しむのを身を以《もっ》て体験していましたから手を出したくない。

そんな悩みを抱えていた頃、僕は文彦の命日ということで呼ばれてあの屋敷に行きました。ここを訪れるのは久々です。社内コンペに参加を決めた頃から、忙しくなって余裕がなかったのです。芙紗子と会う回数すら減っていたぐらいです。文彦の父親は当時、入院中でした。少し前に大学で倒れて、年齢的なこともあり大事をとっていると聞いていました。

そんな大変なときにお邪魔していいものだろうかと思ったのですが、なぜか文彦の母親も綾彦もいつも通りです。ただ文彦の母親がさらに痩せこけて歩くこともできなくなり、車椅子になってはいました。

僕は屋敷に足を踏み入れるなり、文彦の両親の命がそう永くないということをなんとなく察しました。あの屋敷の重くどんよりとした空気――それは前からなのですが――が、どこかそれまでと違っていました。重いのは同じですが、以前のように身体にからみつくのではなくて、乾いています。まるで痩せこけた老人のような木肌の、花の無い、あの屋敷の前の桜のように。

屋敷が力を失っている――そう感じましたが、それはこの家が「代替わり」を予感しているのではないかと思いました。

綾彦だけが元気そうでした。少し肉付きがよくなったせいか、より文彦に似てきました。綾彦は家族の命の養分を吸い取っているかのように元気になっている気がします。

「どうしたんだ、牧雄」

サンルームで紅茶を飲んでいるときに、そう声をかけられました。

その頃になると綾彦は当たり前のように女の格好をして、化粧もはじめていました。ちっとも美しくはなくグロテスクといっていいのですが、それがこの家には妙に似合っています。

「何がだい」

「いや、何か暗い顔してるから、悩みでもあるのかなと思って」

赤く塗られた綾彦の唇が動きます。唇を大きく見せようとしているのか、不自然なぐらい紅で縁どっています。

「なんでもないよ」

「話して欲しいな。僕にとっては牧雄はただひとりの友だちなんだから。僕を気持ち悪がらずにこうして会って話をしてくれる大事な友だち――だから、君を助けたい」

綾彦はそう言ってくれましたが、僕は迷っていました。

「君も察しているだろうけど、両親もそう永くない。そうなると、この家は……」

綾彦がそこで言葉を切ってうつむきました。

続けようとした言葉はわかります。綾彦はおそらく女性を知りませんし、女性と交わることもできないでしょう。そうなると、この家の血は絶えます。

僕はふと、文彦が昔言った言葉を思い出しました。

「綾彦、気を悪くしないでくれ。初めて僕がこの家に来たときに、文彦が変なことを言っていたんだ」

「なんだい」

「この家には、呪いがかかっている。――そして、この家には鬼がいるって君のお母さんが……」

「ああ」

綾彦が長いストレートの髪の毛――鬘《かつら》ですが――をかきあげながら顔をあげました。

「先祖に変な死に方をした人間とか多いらしいね。父の前妻は家の中で事故死しているし……。こういう古い家だから、いろんなことがあると思うよ」

「鬼というのは、どういう意味なんだろう」

僕はふと、以前、芙紗子の家の近くで羅城門の跡を見つけたときのことを思い出しました。

――鬼というのは、そんな人間の正体の暗喩かもしれないわね。鬼って、もともとは人だから――芙紗子の言葉と共に。

「昔の人は、人の恨みや憎しみを鬼と言うこともあったようだね。人のマイナスの感情が擬人化されたものだろう。つまりは悪意だと解釈してるんだが」

「幽霊とは違うのか」

「幽鬼なんて言葉もあるけど……幽霊よりももっと攻撃的というか行動的な気がするね。昔話の鬼なんかを考えると……どっちみち僕は現実主義者だからそんなものはいないと思っているし、母は父の前妻たちが続けて亡くなっているから怯えて神経症気味で鬼だなんて口にしてるだけだ――文彦はああ見えて、結構怖がりだった」

僕はふと、新たに思い出したことを口にしました。

「そういえば文彦は、こうも言っていた。夜はあの二階の窓から桜を見ないと」

綾彦は笑みを浮かべました。どこか小ばかにしたような笑みです。

「桜の樹の下には屍体《したい》が埋まっている！　――そんなことを書いた小説があっただろう」

「梶井基次郎《かじいもとじろう》だったね」

「小学生の頃だったかな、その本を読んだせいで、文彦があの桜を怖がるようになった。それだけの話。僕は何も見えないし感じないから、うちからあの夜桜を観賞するのが毎年春になると楽しみなぐらいだ」

意外でした。

男らしく明るくて爽やかな文彦。彼がそんな怖がりだとは想像もつかなかったのです。

「呪いなんてないよ。馬鹿らしい。ただ子孫が残せないのは、仕方がない。僕はこういう人間だから」

綾彦は何の感情も見せずにそう言いました。

呪い――もちろんそんなものはバカバカしいとは思いつつも、文彦が亡くなった後、この家の血が絶えようとしているのは間違いないのです。

「それよりも現実的な話をしようよ。牧雄、話してくれ」

綾彦がそう言うので、僕は松島から持ちかけられた事業の話をしました。

出資金をどうするか悩んでいることも。

「僕に出させてくれないか」

僕が話し終えると、間髪を容《い》れずに綾彦がそう言いました。

僕は顔をあげます。

「そんなつもりじゃ……」

「牧雄、さっきも言ったけれど、君は僕のたったひとりの友人だ。君が僕とこうしていてくれるだけで心の底から感謝していて、けれど僕は君に何もしてあげられないのがずっと心苦しかった。だから、せめて僕にお金を出させて欲しい」

僕は胸が熱くなりました。

そんなにも綾彦が自分の存在を大切に思ってくれているなんて知らなかったからです。けれど内心、どこかで期待していたのかもしれません。綾彦には、使い道のないお金が有り余っていますから。

「父親も自分がそう永くないことをわかっているから、相続の話もしている。不動産も、僕の名義になっている。この通り、僕は外にも出ないし、趣味も本を読むのと女の格好をするぐらいで、お金を使わない。君のように可愛い恋人もいない。だから、友人にぐらいはお金を使わせてくれよ」

「綾彦、なんて感謝すれば。御礼は――」

「君が僕の友人でい続けてくれたら、いいんだよ」

綾彦がにっこりと笑い、紅が塗られた唇がうねりました。

油をぬったようにてかてかと光る、唇が。

結局僕は世間知らずの子どもだったのです。貧しくはありましたが、それでも僻《ひが》まず人を恨まずまっすぐに育ち――それがいけなかったのかもしれません。

最初に申しましたように、幸せな人というのは、無知で鈍感な人のことで、善人というのは、幼稚で愚かな人のことです。

僕はまさに、幸せな善人でした。

それゆえに、人を疑いもせず、自分を守る鎧《よろい》も持たず、全てを失いました。

綾彦からお金を借りて僕は松島と一緒に事業をはじめました。まず地方でリゾートマンションの開発に手をつけましたが、施工されてから地域の住民の反対運動に対峙《たいじ》するはめになりました。行政と結託どころか、環境破壊だとして反対されていたのです。

それでも法的には問題がないからとマンションを建てましたが、全く買い手がつきません。交通の便が悪いという声をあちこちから聞きましたし、値段も高いと悪評ばかりでした。値段については凝った造りをしているから仕方がありません。ただのマンションではなくて非日常な空間をと僕が工夫を凝らしたものでした。いいものをつくれば売れると信じていたのです。

ある時、松島と連絡がとれなくなりました。同時に債権者が共同経営者である僕のほうへ押しかけてきたのです。会社の債務は僕に背負わされてしまいました。

僕は追い詰められました。芙紗子にも綾彦にも合わせる顔がない。迂闊《うかつ》な自分が悪いのです。自己破産という手もありますが、失うものが大きすぎます。何よりも芙紗子との結婚は諦めざるをえないでしょう。そうなったら生きていく意味がありません。生きて恥を晒《さら》して芙紗子を失うよりは、死んで芙紗子の心の中に楽しかった思い出と共に残るほうがいい。

死ぬと決めてからはずっと文彦のことを考えていました。文彦に申し訳ないと思いました。生きたかったであろう友人のことが頭から離れず、それでも死ぬしか残された道はないとふらふらと僕は街を彷徨《さまよ》いました。

どうやって死ぬか……気がつけば僕はあの屋敷の前にいました。夜でした。屋敷には灯《あか》りがついていません。綾彦はもう眠っているのでしょうか。

桜の季節です。普段は死にかけの老人の肌のような桜の木肌も淡い色の花びらに彩られています。枝が風にしなり、花びらが僕の身体を憐《あわ》れむように包み込んできます。

僕は桜の樹の傍に座り込み、屋敷を眺めていました。立派な古い屋敷——僕はずっとこの家が羨ましかった——。月の無い夜でした。けれど屋敷は自らがかすかな光を纏っているようにその輪郭を現しています。

二階の窓を見上げました。初めてこの屋敷に入ったときに文彦が入れてくれた部屋、桜の見える部屋です。

僕は瞬きを何度か繰り返しました。

そのとき一階の屋根の上に、人がいました。いえ、人にしては小さすぎます。

黒い影で、頭に尖《とが》ったものがついていました。

あれは——最初に文彦に連れられてこの家に来たときに、桜の見える窓から僕が見つけた、守り鬼です、鬼の人形です。いえ、人形ではない、真っ黒な身体に赤く目を光らせて、こちらをじっと見ているのですから。

そいつだけではありません、月明かりの中ですが、あの家には無数の鬼がいます。そのとき何故か、僕には建物の中が透けて見えたのです。

そいつらは子どものような大きさで、壁を、階段を、天井を這って蠢《うごめ》いています。

黒い鬼――僕は思い出しました。おそらく、あの黒い鬼に僕は何度も会っているのです。

初めてあの屋敷を訪れてから、何度も。

いつもあの家には、人以外のものがいたのです。僕は気配を感じたことはあったけれど、気づかぬふりをしていました。漂う重い空気は家が古いせいだと思い込もうとしていました。

思い出したのは、文彦の母親の言葉です。「鬼がいる――」

確かにあれは、鬼です。頭の両端の突起は角にも見えます。

黒くて鼻も口もないけれど目だけが赤く光っている、そいつらが一斉に僕を見ています。

夜はこの窓からはあの桜を見ない――文彦の言葉がよみがえります。

文彦が夜に桜を見ないのは――あいつらが見えてしまうからだったのです。

あの屋敷に巣くう、鬼が――。

――牧雄――。

声がしました。僕の頭の中で響いています。

懐かしい、この声は――文彦。

──おいで──。

一階の屋根の上にいる鬼が、手招きしています。ゆらゆらと指を動かしながら、僕を待ち受けています。僕は立ち上がり、屋敷に向かいました。門をくぐり玄関ドアにふれると、鍵《かぎ》がかかっていません。

吹き抜けのエントランスの赤い毛氈の上に立ち、天井を見上げました。

やはり、天井にはぎっしりとほとんど隙間を作ることなく鬼がひしめいていました。耳を澄ますと、肌なのか毛なのかわかりませんが、黒い塊たちがガサゴソと音を立てているのが笑っているようにも聞こえます。

一匹の鬼がしゅるしゅると赤い紐《ひも》を垂らしてきます。

僕にはわかりました。鬼は僕の願いを知っているのだと。

端っこが輪になったその紐に、僕は首をくぐらせました。

──牧雄、ずっと友だちでいような──。

文彦が呼んでいる──そう思いました。

あのときに死ねればよかった。毎日そう考えています。

こんなあちこちが不自由で、ロクに喋ることもできない、動けない身体で生き続けるぐらいなら。誰か殺してくれないだろうか——毎日そう心の中で唱えています。

紐に首をくぐらせた僕を助けてくれたのは綾彦でした。息が止まっていたそうですが、救急車で運ばれて僕は命を取り留めました。

「たったひとりの親友なんだから、なんとしても命を助けたかった」

綾彦はそう言いましたが、余計なお世話です。

「松島という男が怪しいとは最初から思っていた。文彦が高校生の頃、一度彼に金をせがまれて騙《だま》されかけたことがあった。君にもその話をしておけばよかったね。だけど君があまりにも松島を信じ切っているから、言い出せなかったんだよ」

そう言われて、驚愕《きょうがく》しました。松島がそんな男だと知っていてどうして僕に言ってくれなかったのか。けれどそのからくりも後に知ることになります。僕と松島のプロジェクトが頓挫《とんざ》したことにより、残された土地を綾彦が懇意にしている不動産屋が安く購入し、行政施設の建設用の土地として売って儲《もう》けを手にしたのです。

綾彦の願いにより、僕はあの屋敷で暮らしていますが、脳の障害であちこちが麻痺《まひ》して、ひとりで歩けず、まともに喋ることすらできません。実家の両親や兄たちは、綾彦が僕の面倒を見ると言い出したことに大変感謝をしていました。そりゃあそうです。世話をするとなると費用も馬鹿になりません。

僕については、弁護士と綾彦により自己破産の手続きがとられました。こうして僕が生きているのは全て綾彦のおかげです。けれど僕を生かしてくれているのは――僕の心を弄《もてあそ》ぶためだと、多分、僕以外の誰も気づいていません。

一ヶ月ほど前から、芙紗子もこの家に住み始めました。芙紗子は僕が自殺未遂をして身体が不自由になった後も、この家に通ってくれました。けれどそれは僕に会うためではなく、いつのまにか綾彦と男女の関係になっていたからなのです。

信じられませんでした。芙紗子は僕をずっと愛してくれて、いつだって傍にいてくれたはずなのに……しかも綾彦は女が愛せないはず――いえ、それは僕の勝手な思い込みだったのを思い知らされました。

「芙紗子さんと結婚するよ。彼女のお腹の中には僕の赤ん坊がいる」

そう聞かされたのが一ヶ月前で、翌週から芙紗子がこの家に住み始めました。

まるで僕の存在など無かったかのように、罪悪感も持たずに綾彦と睦《むつ》み合っています。僕の目の前で、愛おしげに綾彦の顔を眺めるのです。

ここに来て、はじめて僕は気づきました。芙紗子は、ずっと文彦に惹《ひ》かれていたことを。そして文彦と同じ顔を持つ綾彦に今、心を奪われていることも。

芙紗子の愛が最初から偽物だったとまでは言いません。ただ彼女は僕に期待していたのに、僕が事業に失敗して、彼女の気持ちは完全に綾彦に傾いたのです。

この子は苦労知らずだから……結婚しても苦労はさせたくないの。おっとりしているから外で働くのも向いてないし、旦那さんが守ってくれないとね——彼女の母親が僕に言った台詞《せりふ》がよみがえってきました。確かに綾彦の妻となれば、生涯働かずとも裕福な生活を送れます。

綾彦が芙紗子に近づいたのか、芙紗子が綾彦に近づいたのか、よくわかりません。芙紗子がワンピースを着た綾彦の顔に化粧をしたり、まるで女同士のように手をつないで話している姿も見かけます。

綾彦に問いかけたかった。「子孫が残せないのは、仕方がない。僕はこういう人間だから」あの言葉はなんだったのか。僕に油断させる気だったのでしょうか。現実に芙紗子のお腹の中には子どもがいます。男らしくなくても男である限り子どもは作れるのです。

そして僕は綾彦から文彦のことで衝撃的な話も聞きました。

「文彦はずっと君のことが好きだったんだよ。友だちではなくて、恋愛対象として」

そこで僕はあのとき文彦が「僕は結婚して家族を持って、普通の家で普通の暮らしがしたい……でも、無理だろうね」と言った意味がわかりました。そして、彼の苦悩に全く気づかなかった自分がどれだけ無邪気に目に見えるものだけを信じていたのかも。

僕は今、この状態――不自由な身になるまで、なんて幸せだったのでしょう。

幸せな人というのは、無知で鈍感な人のことなのです。

そして善人というのは、幼稚で愚かな人のことです。

僕こそが、一番愚かでした。幸せな善人でした。

綾彦が生き残った僕をこうして「飼う」目的ですか？

気が済むまで僕の心をいたぶって――餌にしているのですよ。

僕は餌なのです、鬼の。

綾彦がいつか僕に言ったように、鬼というのは人の恨みや憎しみ、つまりは悪意なのです。人間誰もが抱き、普段は無かったかのようにしている醜い心なのです。鬼は生き続けるために、それらを喰《く》うのです。

僕が綾彦を恨めば恨むほどに僕は鬼の美味《おい》しい餌となるのです。

この家に昔から巣くう鬼たちが、今もこうして僕の足や腕にからみついて歯を立てて喰いついています。僕の心をなぶる綾彦の、昔の恋人の前で新しい男と睦み合う芙紗子の、こんな境遇になってしまった僕の、腐臭を発する醜悪な魂を啜《すす》っています。

あの、文彦が嫌がっていた屋根の上の魔除けの守り鬼――ヤツが守っているのは、この家であり、この家を愛して残そうとした綾彦なのです。

「最初から悪の心を持った人間よりも、もともと善人だった者が抱く悪のほうが、より醜くて香ばしい餌になる。だから僕は最初に君と会ったときから、ずっと友だちになりたかった。文彦よりも、仲良くなりたかった。こうして君が僕の家の住人になってくれて、心の底から嬉しいよ」

綾彦がふともらしたその言葉に、文彦は、この鬼たちから逃れるために、血を絶やすために、家から離れるために、死んだような気がしました。

あるいは、この家の守り鬼が、己が巣くうこの屋敷を守るために、文彦の命を絶ったのではないかと——文彦は自分が跡を継いだら、この家は手放してしまいたいと口にしていましたから。

最近では、うっすらと綾彦の頭に角のようなものが見えるときがあります。綾彦が鬘をつけるのは女装のためだけではなく、自らの角を隠すためなのではないでしょうか。屋敷に巣くう黒い子鬼たちに餌を与え飼いならす綾彦こそ、この家の守り鬼なのかもしれません。

僕は若くて清らかな心のまま亡くなった文彦が羨ましくてたまらないと思いながら、今日も鬼たちにまとわりつかれています。

——映画も小説も、人間の浅ましさ、エゴイズムを描いたものだった——鬼というのは、そんな人間の正体の暗喩かもしれないわね。鬼って、もともとは人だから――。

エゴイズム、浅ましさとは、まさに芙紗子自身のことではないか――そう言いたくても、僕は彼女を責める口すら持たず、ただ憎むだけしかできない。

僕が日々綾彦と芙紗子に対して抱く悪意を鬼たちは嬉しそうに貪《むさぼ》っています。綾彦の思う壺《つぼ》だと知りながら、既に僕は善人ではいられなくなって恨みだけを唱え生きています。そうしてその憎悪を餌に鬼を生かしているのです。

死ぬという選択肢すら失ってしまった僕は、ただ呪いながら日々を過ごすしかありません。

どうか、芙紗子のお腹の中の赤ん坊が、鬼でありますように、と。

僕を含めた、この家に住む人間たちを亡《ほろ》ぼすような残虐な鬼が生まれますように。

第六話　寂しい鬼

桜子という名前は、彼女にぴったりの名前だと梅香《うめか》は思った。

この白い肌には薄い色がよく似合うのは、彼女自身もわかっているから、柔らかな素材の桜色のワンピースを着ているのだろう。華奢《きゃしゃ》で肉の薄い身体、丸いけど切れ長の瞳《ひとみ》、厚めの唇が愛らしい。男ならきっと、思わず抱きしめたくなるに違いない、庇護《ひご》欲をそそる小柄でかよわげな雰囲気だ。抱きしめたら折れそうという表現は、彼女のような細い腰の女に使う言葉だ。

小さなパールのネックレスも、彼女の透き通った肌をより一層輝かせている。自分には何が似合うのか、どうしたら好かれるのか理解している女だ。

三十八歳だと聞いて驚いた。どう見ても二十代で、二十八歳の梅香より若く見える。その容貌《ようぼう》と相まって、女性経営者というよりは、どこかのお嬢さんという印象を受けた。この現代ではなく、ひと昔前の、物語に登場するお姫様を連想させる、何の苦労もせず周りに愛されて育ってきたお嬢さん、と。

それは、最初に梅香が桜子と会った場所にもよるのだろう。明治時代に建てられた三階建ての豪奢《ごうしゃ》な洋館。外観は何度か見たことがあったけれど、中に入って梅香は驚いた。よくもこんな立派な建物で、隅まで趣向を凝らした家が残っていたものだと。しかも数年前までは、実際にこの洋館は人が住んでいたのだ。

かつて桜子が、ひとりで暮らしていた。

「私の名前の由来は、桜の季節に生まれたから――このお屋敷の前に、大きな桜の樹があるでしょ？　あの桜が満開のときに生まれたんです。そしてこのお屋敷の最初の女主人の名前も『桜子』なんです。千本通には昔、千本の桜が植えられていたという話が伝わっているから、その『桜子』のために、ここに家を作ったと、父から聞いたことがあります。すごく大昔の話で、どこまで本当かわからへんのやけどね」

桜子はそう言った。

京都の女らしく、桜子は柔らかいおっとりした声で話す。立ち居振る舞いもゆっくりとしていて、やはりお姫様のようだと梅香は思った。

桜子は生まれたときからこの屋敷で育ったが、「男か女かわからない、変な父親」が亡くなり、母親が再婚して外国に行ったあと、ひとりになった。

「二十五歳のときでした。私はその頃、大学を出てホテルに勤めとったんです。こういう家に住んでいると大金持ちだと思われるかもしれへんし、確かに昔は他に不動産もあり、余裕があったそうなんやけど、父の代になると、残された遺産を食いつぶすだけで、そう蓄えはありません。父は、変わっていて、学校もほとんどいってへんかったし、働いてもいないし——なんで母が父のような男を好きになったかもわからへんのです。ただ、私は父にも母にも可愛がられて育ちました。この家の子で、女の子が生まれることは珍しいんやて。そやから大事に、大事に、育てられました。本当やったら婿をとって、跡を継いで血を残すべきかもしれへんけど、この年まで結婚も出産も縁がありませんでした」

桜子はそう話すが、悲愴《ひそう》感は感じられない。

こんな愛らしい桜子に、男と縁がなかったとは考えられないと梅香は思ったが、そこはプライベートなことなので黙っていた。

「しばらくはここでひとりで暮らしとったんやけど、どうしても落ち着かへん——それに、ひとりでここにいると、何となく、心が段々と沈んできます。特に、夜になると——大きな家やから、孤独が迫ってくるんです。そやから、離れにおる、代々うちの手伝いをしてくれている管理人夫婦にまかせて、私は近くにワンルームのマンションを借りて、そこに移りました」

梅香は頷《うなず》いた。確かに、この屋敷は大きすぎて、若い女がひとりで住むには手に余るだろう。大きな家だからこそ孤独が迫るというのもわかる。梅香自身は恋人とマンションで暮らしていたが、以前、ひとり暮らしをしていて、ふと夜中に何かの拍子に、ずっとこのままひとりなのかと寂しさに襲われてどうしようもなくなるときがあった。

「ただ、この屋敷を何も使わないのはもったいないと――それはホテルの同僚に言われたんです。勤めも三十歳が近づくと、ずっとこのままでいるのもなんやろな、自分で何かやりたいなと考え始めていて……残った遺産を全てつぎ込んで、この屋敷をカフェレストランにすることにしました。三階の部屋はそのまま残したんやけど、一階と二階を禁煙、喫煙とわけて洋食やデザートを出しました。お店は大変好評でした。この豪奢な建築が、もの珍しく、特に女性に喜ばれたのです。立地も観光地が近く、人も絶えず繁盛しました。

『こんな素敵な家で結婚パーティできたらいいだろうな』

そう口にしたのは、東京から来た若い女性のお客さんです。京都に旅行に来る度に訪問されて、私が店に出ているときに、話をすることもあり、ふと呟《つぶや》かれました。

『私、独身で彼氏もいないから結婚の予定もないんですけど、やはり人生最大のイベントじゃないですか。式場やホテルも悪くないんですけれど、こんな一軒の古いお屋敷だと、すごく思い出に残ると思うんです』

多くの女性たちの夢を叶《かな》えるお手伝いをしたい。幸せな花嫁を送り出したい――彼女の言葉から、私はこのカフェレストランを結婚式場として使うことを心に決めました。幸い、小さいけど庭もありますので、そこに小さなチャペルを建てることにしました。さすがに多くの客を呼ぶのは無理ですが、百人ならばこの吹き抜けを使い、パーティもできます。ホテルに勤めていましたので、結婚式のノウハウなら、少しは理解していました。そうして、一ヶ月に二組だけ結婚式を受け付けはじめたんです。スタッフも必要ですし、一生に一度の大事な式で失敗をしてはいけないので、ベテランのウエディングプランナーを引き抜いたり、準備に時間とお金をかけて、思いついた一年半後には最初のウエディングパーティが催されました。大好評で、すぐに予約は埋まり、雑誌などにも取り上げられました。二階の部屋から、花嫁がウエディングドレスの裾《すそ》をなびかせ、映画のセットのような階段を花婿に手をとられ降りてきます。もともと吹き抜けにはグランドピアノが置いてありますので、音楽は全てピアノの生演奏に統一しました。一階の吹き抜けとサンルームを含む二部屋を開けて使うので、立食パーティの形になります。若い人はそれで十分のようで、気軽な友人中心の披露宴にぴったりやと思ってるんです」

そこまで一気に話すと、桜子は、テーブルの上の薔薇《ばら》の花びらが浮かぶ紅茶を口にした。

島田《しまだ》梅香は、京都にある編集プロダクションの社員である。東京の大手女性誌からの委託で、京都の結婚式場を特集した雑誌の製作を任され、桜子のもとに取材に来た。桜子が育った屋敷のカフェの二階の片隅で話を聞いていた。

「今、一番、女子が憧《あこが》れるウエディング」――そんな見出しの記事でこの屋敷を紹介し、女性経営者である桜子のインタビューも載る予定のページだった。

確かにここで結婚式をしたら、思い出に残るだろう――梅香は足を踏み入れた瞬間に、ため息が出たぐらいだ。けれど桜子の言うとおり、女がひとりで住むには向いていない。

「ここのオリジナルの、桜のキャンドル、素敵ですね」

梅香がそう言うと、桜子は嬉《うれ》しそうに笑顔を見せた。

「褒めてくれて、ありがとう。結婚式をここで始めるにあたって、何か作りたいって考えたんです。私の名前と、桜の樹にちなんで、特注してデザインしてもらいました」

桜のキャンドルは、薄桃色の桜の花と木肌と緑の葉の細かな細工で、結婚披露宴の際には照明を薄暗くして、このキャンドルが灯《あか》りとして使われている。火を灯《とも》すと、ほんのりとした炎と、桜の香りが漂うのだ。

桜の香りと、蠟燭《ろうそく》の灯りの幻想的な雰囲気が、花嫁の姿を美しく見せると評判だった。

「失礼やけど、梅香さん、ご結婚は？」

桜子が聞いてきたので、梅香は、「まだです」と、応《こた》える。

「予定はあるの？　最近は私のように結婚しない女も増えとるけど、願望は？」

「一緒に住んでいる人はいるし、しないと決めてるわけでもないんです。でもいつか結婚する機会があれば、こんな場所で挙げたいですね」

取材する側として、無難に話を持っていったつもりだったが、本音だった。結婚願望はあるが、今つきあっている男とはまだ一年弱のつきあいだし、周りも独身が多く、そう焦ってはいない。

「女は、子どもを産める年齢制限があるから面倒やなぁ……まだまだと思っているうちに、年取ってしまうで、私のように」

まだ三十八歳なら産めるのではないかという言葉を梅香は呑み込んだ。そこまで立ち入っていい立場じゃない。

「ありがとうございました。また掲載日が近づいたら連絡して、持参します」

そう言って、梅香は深く頭を下げた。

「結婚式がない時は、私、結構暇して退屈なんや。よかったら、また気軽に遊びに来て、彼氏とふたりで。私、寂しがりややから」

桜子はそう言って、梅香と同時に立ち上がる。

ふたりで玄関を出て、梅香は振り返るようにして、屋敷を眺める。

「本当に、素敵……」

「おおきに、ありがとうな」

梅香はその時、一階の屋根の先に、太陽の光が反射した黒光りするものがあるのに気づく。

「あれは――なんですか」

「ん？」

「屋根の上に何かいる……」

光が眩《まぶ》しくてはっきり形が見えない。

「あれは、鬼や。魔除《まよ》けの鬼」

「鬼？」

「そう、よく見たら二本の角があるやろ。この屋敷を作ったときに、鬼門の方角に向けて魔除けの鬼を作ったんやて。でも、本当は魔除けやあらへん。それに気づいたのは最近やけど……」

桜子は、そこで言葉を止めた。

梅香は、この豪奢で少女趣味な洋館に、「魔除けの鬼」とは似つかわしくないような気がしたが、それにはふれずに、桜子に挨拶《あいさつ》をして屋敷を後にした。

梅香はそのまま二条城《にじようじよう》近くのマンションに帰宅した。就職してからずっと同じところに住んでいる。1LDKの部屋だが、最近狭く感じるのは、恋人の竹本荒樹《たけもとあらき》が転がり込んできたからだ。荒樹は梅香と同い年で二十八歳だが、仕事は結婚式やパーティの配膳《はいぜん》のアルバイトで派遣社員だ。仕事は楽ではないが、時給がいいらしい。もっとも貯金などする気もなく、すぐその金をパチンコに使ってしまう。

二十五歳の時に、学生時代からの彼氏が他の女性と結婚して別れてから、恋人はいなかったが、昨年、仕事で嫌なことがあって気晴らしでパチンコをしているときに荒樹に声をかけられ、そのままつきあい同棲《どうせい》をはじめた。

声をかけてきたのは荒樹だったが、梅香の一目ぼれだった。荒樹は背が高く、彫りが深いハーフのような顔立ちだ。ふたりで外を歩いていると、振り返る女たちもいて、気分がいい。

帰宅すると、荒樹は寝そべってゲームをしていて、顔だけこちらに向けて「お帰り。飯どうする?」と声をかけてきた。

「外で何か食べる? 今から買い物行くの面倒だし」

梅香がそう言うと、「そうするか」と、荒樹が身体を起こす。梅香は今日のように直帰できたらいいけれど、普段は帰りが遅いので、ほとんど外食だ。荒樹は家事はほとんどしたことがないようで、掃除も洗濯もしない。母親が何でもする人だったらしいし、家を出てからも女の家を転々としていて、ひとり暮らしは経験がないと聞いている。何もしないなら、せめて家賃ぐらいは少し入れてくれたらいいのにと梅香は内心不満に思っていた。

　ふたりはそのまま近所のチェーンの定食屋に行き、荒樹はとんかつ定食、梅香は酢豚定食を注文する。

「どうだった、あそこの女主人」

　荒樹が水を飲み干すなり、聞いてきた。

「どうだったって？」

「言っただろ。俺、今度からあそこで働く機会があるかもしれないんだよ。今までホテルが多かったから勝手が違うし、うるさい人だったら嫌だなって」

「優しそうな人だった。美人だし……ううん、美人というよりは、可愛いタイプかな」

　自分でもそっけないなと思いながら、梅香はそう答えた。荒樹の会社が、来月から桜子の屋敷の結婚式での配膳人の派遣を始めるらしく、気にしていたのは聞いている。そっけなくなってしまったのは、桜子が思った以上に若く見える愛らしい女だったからだ。

「可愛いのか……でも、三十八歳なら、ババアだよな」

　荒樹の言葉が、たまに気に障る。ババアだとか……女の容姿や年齢に容赦がないのだ。誰だって、年は取るのに。

「でも、とても三十八歳には見えないよ」

「へぇ。でも、どうしてそんな人が独身なんだろう。金も持ってるだろうし」

「美人で独身の金持ちの女なんて、たくさんいるわよ。満たされているから、余計なものを背負い込みたくないいんじゃないの」

梅香はそう答えながらも、内心、どこかひっかかるものがあった。

荒樹が明らかに桜子に興味を持っている——私、寂しがりややから——最後に桜子がそう言ったせいなのか。

「でも、よかった。あの屋敷、変な噂があるって先輩から聞いたから、ちょっと心配してたんだよ」

「変な噂?」

荒樹はもう食べ終わって、お茶のおかわりも飲み干している。よく食べるし油ものも好きなのに太らないのが心底羨《うらや》ましい。

「話してなかったっけ? あの家は、変な死に方してる人間が多いって」

「知らない」

「家の中で事故死してる人間もいるみたいだし、代々の主人が長生きしない。だから今の女主人は、あの家を住居じゃなく店にしたんだって。ただ昔の話だから、詳しいことは先輩も知らないって。改装してカフェにする前は、だいぶあちこちガタも来てたから、火の玉を見た人がいるとか化けもの屋敷だって近所で言われてた――まあ、場所が場所だからな」

「場所？　何かあるの？」

梅香は荒樹に聞いた。

「宴の松原って、知ってる？」

「知らない」

「梅香、出版の仕事してるくせに、そんなことも知らないの」

荒樹に言われて、梅香は口をとがらせた。出版の世界と言っても、学術や文芸とは関係ないのだから、知識豊富なわけではない。

「『今昔物語』だったっけ。そこに出てくる話で、平安時代の夜に三人の女が歩いていたら、男が現れて、そのうちの女のひとりが手を引かれ松原に入っていったが、話し声が途切れたので、ふたりの女が見に行くと、女の手足だけが残っていた。男は人食い鬼だったんだ」

「へぇ、そんな話、初めて聞いた」

梅香は感心した。荒樹が、『今昔物語』を知っているのも意外だった。

「知らない男には気をつけろって意味なのかな。それはともかく、その宴の松原に、あのお屋敷はあるんだよ。あの屋敷の前の道路の端に、石碑があるから、今度見てみろよ」

「荒樹はどうして、そんな話知ってるの？」

梅香が問いかけると、荒樹が得意げな笑みを浮かべる。

「全部先輩からの受け売り」

そう言われて、梅香は安心した。

「そうよね。荒樹の口から『今昔物語』とか出るから、びっくりしたじゃない」

「あ、馬鹿にしたな。ともかく、あの付近はそういう謂《いわ》れがあり、あの屋敷も変死が多いってのは事実らしい。人魂《ひとだま》を見たとか――」

「人魂ねぇ……」

確かに、夜、あの家にいるのは勇気がいるかもしれない。桜子だってそれで家を出たのだ。

「俺はそういうの怖くはないんだけど、そんな家で育った女主人てどんな人だろうって気になってた」

「彼氏とふたりで遊びに来てって言われた」

梅香がそう言うと、荒樹が少し驚いた顔をした。

「でも、本気にして、いざ遊びにいったら嫌がられるだろうな」

「今度、掲載誌を持っていくつもりではあるんだけどね」

　どっちみち荒樹は顔を合わせるのだ。


　取材した一ヶ月半後に掲載誌が出来上がり、梅香は桜子に連絡して訪ねる約束をした。

「彼氏さんも一緒に来て」と再度言われ躊躇《ためら》ったが、既に荒樹は一度、桜子の屋敷での結婚パーティのサービスの仕事をしている。もっとも荒樹に言わせると、忙しかったし、桜子らしき人の顔も見なかったらしいのだが。

　悩んだが、誘われているのだしと、梅香は荒樹と一緒に、あの屋敷に出向いた。

　この前は二階の部屋だったが、今日は一階の日当たりのいい部屋に案内される。奥のテーブルに着席すると、真っ白なブラウスと一連のパールのネックレスとピアスを身に着けた桜子が現れた。スカートの裾が少し広がっていて、まるでウエディングドレスのようだと梅香は思った。

「わざわざありがとうございます」

　桜子はそう言って笑顔を作り、ふたりの前の席に座る。

「こちらが、梅香さんの彼氏の――」

「竹本荒樹です」

「私、どこかであなたを見たような気がする」

「実は僕、五條《ごじょう》ユニオンから派遣されて、先日、結婚パーティの際に給仕していました。そのときですかね」

桜子はじっと荒樹の顔を眺めている。何のためらいもなく注がれる視線に、荒樹が引いているのがわかる。

「いえ、私、あのとき、おらへんかってん──わかった。私のご先祖に似ているんや」

「ご先祖?」

梅香は、先日聞いた荒樹の先輩の話を思い出した。何人か家の中で変死している──という。

「この屋敷を建てた人の奥さん──その人の名前も桜子って言うんやけど、桜子さんが再婚した相手──確か、名前は李作。写真が一枚だけ残ってて……よう似てる」

桜子はそう言って、運ばれていた紅茶に口をつけた。

梅香は、鞄《かばん》の中から掲載誌を取り出して、桜子の前に置く。桜子は、ぱらぱらとめくって「おおきに、ありがとう。いい宣伝になるわ」と、礼を言った。

「この前、仕事で来たときは厨房《ちゅうぼう》と披露宴会場の広間の行き来だけしかできなかったけど、二階や三階も立派だろうな」

荒樹が心の底から感心したように言った。

「住むには、寂しすぎるんよ」

桜子は悲しそうに目を伏せる。作り物ではない長い睫毛《まつげ》が震えて痛々しくもあった。

「梅香さんたちも、結婚されるときは、ここを使ってくれたら、サービスするわ」

桜子にそう言われて、梅香はどう答えたらいいかわからず表情がこわばる。

「いやぁ、全く考えてないですよ」

荒樹は屈託なく答えている。

梅香の胸が痛む。結婚を「考えてない」と断言されると傷つく。もっともいつまでも派遣社員で、しかも貯金がない、家事もしない荒樹との結婚は、考えただけでも不安だ。

「それにしても、すごいお屋敷ですね。一度、泊まってみたい気がするな」

荒樹がそう言いだして、梅香は内心、戸惑った。図々しすぎるではないか。

「最初はホテルにしようと思ってたんや。今でも、使ってない三階の部屋とかあるから、人を泊めることもできるんやで。結婚式のアフタープランというのも考えてて、ここで結婚披露宴をしたあと、そのまま夜をふたりきりで過ごしてもらうのも素敵やないかって」

「それはいいですね」

梅香は頷いた。ここで夢のような結婚式をしたあと、すぐに現実に戻ってしまうのは、つまらない。

「――泊まってみぃひん？」

桜子がそう言った。

「え」

「モニターとして、おふたり、一泊してくれへんかな」

「でも、そんな」

梅香は思わず、遠慮するが、荒樹は楽しげな表情を浮かべ、「いいんですか！」と、前のめりになっている。

「早いほうがいいわ。アフタープラン、一年以内にははじめたいんや。夜をこの屋敷で過ごしてください。いつならいい？」

桜子が話を進めていくので、梅香はもう断れずにいた。

「何考えてんのよ。いくらなんでも図々しすぎるでしょ」

桜子と別れてカフェを出てバスを待つ間、梅香は荒樹をなじらずにいられなかった。

「いいじゃん。向こうもちょうど泊まってくれる人間を探してたみたいだし。モニターだからタダで泊まれるなんてラッキー」

「タダだから怖いのよ。恐縮するじゃない」

そうしているうちに薄緑の市バスが来て、ふたりは乗りこんで、一番後ろの席に座る。

「……化けもの屋敷かどうか確かめるチャンスなんだぞ」

「はぁ」

梅香は驚いて荒樹の顔を見つめる。

「俺、カメラ回そうと思うんだ。何か映ってたらラッキーだし、どこかに売れるかも」

「やめてよ」

「冗談だよ。ただ、本当に化けもの屋敷かは証明したいよ」

「……そんなわけないじゃない」

そう言って、梅香はそっぽを向いた。

あの家では何人も変死している、火の玉が現れる——そんな話は桜子の前ではすっかり忘れていた。昼間は賑《にぎ》やかで明るいカフェで、おどろおどろしい気配なんて感じられない。

荒樹の目的がそこにあったのに桜子は気づかなかった。怖いとは思ったが、ひとりではないし、梅香もあの建物が夜はどんなふうなのか見てみたいという好奇心も働いた。

ふたりが屋敷に泊まりにいったのは、その二週間後だった。カフェレストランの営業は午後八時で終わるので、九時ごろに来てくれと言われて行くと、清掃が終わって従業員たちが片づけをしている様子で、桜子が迎えてくれた。

「管理人の徳松夫婦。離れの建物が、代々、この屋敷の使用人の住まいだったんや。古くなったから、十年前に改装して、今はこのふたりが住んでくれてるから、何かあったら遠慮なく言ってや」

そう言って、六十歳ぐらいの男女が紹介された。人の好《よ》さそうな初老の男と、白髪で品の良い女だ。

「徳松夫婦は、私が生まれる前からこの屋敷の世話をしてくれてるんよ」

桜子は、そう言いながら、梅香と荒樹を従え階段を上がる。

「三階のこの部屋――」

そう言って中に入ると、そこは広い和室で、一角に絨毯《じゅうたん》が敷き詰めてあり、大きなベッドがあった。

「和室なんですか」

「そうなんや。昔は遊び場だったり、物置だったりしていたんやけど、カフェをはじめるにあたって、不要なものは離れの建物の倉庫に移して、二階の寝室にあるベッドをここに持ってきたんよ」

　この洋館の中の和室というのは非日常的で面白いと梅香は思った。

「お手洗いは三階にもあるけど、お風呂《ふろ》は一階まで降りてもらわないとあかんの。徳松が掃除はしてくれてるし、お風呂も改装したときに新しくしてあるから使い勝手は悪くないと思う」

「ありがとうございます」

　梅香は頭を下げた。

「そろそろ片づけも終わったみたいやし――明日、私は十時過ぎには来る。カフェでモーニングでも召し上がってな。私はこれからマンションに戻るわ」

　桜子のマンションは、千本通を隔てて少し路地に入ったところだと聞いていた。ここからだと、徒歩で五分もかからない。

　桜子が部屋を出ていき、しばらくするうちに、階下での人の出入りする音も消えた。徳松夫婦も離れの家に戻ったのだろう。

「さ、探検しようか」

　荒樹が嬉しげに声をかけ、立ち上がり靴を履き、急いで梅香も後に続く。

　扉を開けると、薄暗かったが、階段の周りには小さな丸い電球が灯してある。

「電気をつけてもいいが、薄暗いほうがムードがあるな」

そう言って、荒樹は懐中電灯を手にして階段を降りていく。

梅香は内心、早く終わらせてくれればいいのにと思っていた。納期が近いのに、仕事を早めに切り上げたので上司に厭味《いやみ》を言われたし、疲れている。ただ、それでも荒樹の言う通り、滅多にない機会だから、ついていかないわけがない。

それに、ひとりで部屋に残っているのは、なんとなく嫌だった。

カフェで使っているほとんどの部屋は見たことがある。ただ、それでも人のいない豪奢で静かな洋室は気味が悪かった。

何人か変死している——そう聞いていたが、どこで、どう亡くなっていたのだろうか。

二階の部屋を全て見たあと、一階に降りる。吹き抜けで、かつて使われていたであろう暖炉と、結婚パーティの際に使うピアノがあった。

「明るいと思ったら、こうして月の光が入るのか」

荒樹がそう言って、頭上を指で指すので、梅香も顔をあげた。

ステンドグラスになっていて、そこから光が差し込んでいる。

「窓が多い」

梅香がそう呟いた。昼間は気づかなかったが、階段のそばや、外部と面する壁に幾つか窓があり、そこから光が入っている。

荒樹は懐中電灯を消した。階段脇の灯りと、窓からの光だけで十分だ。

「当たり前だけど、なんにも出ないいな」

荒樹がそう言ったので、梅香は噴き出した。

「お互い、霊感なんてないもの。確かにこういう古いお屋敷だと、幽霊とか似合いそうだけど、普段、賑やかに人が集まってるし、変死がどうとか、噂に過ぎないんじゃない」

「そうかもな。一通りみて、確かにこんな大きな家に人気《ひとけ》がないのは不気味だけど、別に変な気配もない。でも、確かに、ここに女の人がひとりで住むのはキツいだろうな」

梅香は頷いた。

桜子は、父が亡くなり、母が家を出てからもしばらくはここでひとりで住んでいたらしいが、こんな大きな家は、人の孤独の傷を広げそうだ。

自分だとて覚えがある。学生時代からの恋人とはほとんど同棲状態だったが、あるときから、彼の足が遠のいた。嫌な予感はしていたのだが、やはり別に女ができていた。けれどそれを問い詰めるのも怖く、自分の不安を打ち消そうとしていた。それでもやはり、ひとりになると、孤独でたまらなくなっていた。

いつも彼がいるはずの自分の隣に誰もいない、その間も、恋人は別の女と抱き合っているかもしれない――そう考えると、たまらなくなって、毎晩のように泣くか友人に長電話をして迷惑をかけていた。

結局、彼のほうから別れを切り出されたときは、待たされて不安になることに疲れ切ってしまって、自分でも呆《あき》れるほどあっさりそれを受け入れた。

荒樹と出会うまでの二年間は、仕事と友だちと飲みに行くことだけの生活だった。部屋にひとりでいるのが耐えられなかったから、荒樹が転がり込んできたのは嬉しかった。

少し前に、荒樹に、こんな不安定な関係は不安だからと、結婚を匂わせたこともある。

「でも、梅香は、本当は俺じゃなくてもいいんだろ。ひとりで寂しいのが嫌だから、誰かと一緒にいたくて、たまたま俺がいただけで」

そう返されて、悲しくなった。結婚の話も、曖昧《あいまい》にされた。

けれど荒樹の言葉を否定できない。というよりは、図星を指されて、戸惑ってしまった。でも、出会ったときは確かにそうだったかもしれないが、今は時間を重ねて愛し合っているはずだ。

ひとりは寂しい。だから、誰かを求めるのなんて、当たり前のことじゃないか。

自分ちのような1LDKマンションですら、鬱々《うつうつ》として、ときに死にたいなんて思った夜があるのに、こんな家にひとりなんて、耐えられない。

「何にもないし、風呂入って寝るか」

荒樹に声をかけられ、ふたりでバスルームに行き、湯船にお湯を溜める。バスルームも広かったが、改装して今時の風呂になっているので目新しさはない。

「まるでラブホの風呂みたいだ」と荒樹が言って、梅香は笑った。

「ラブホなんて、ずいぶんと行ってない」

「そうだっけ——まあ、一緒に住んでるからな」

梅香はちらりと、嫌なことを思い出した。

前に別れた恋人は、浮気相手の女が実家住まいなのでラブホテルを利用していた。何かの拍子にラブホテルの話になって、彼が「最近のラブホはシティホテルみたいにシンプルだ」と言うので、疑念を抱いた覚えがあるのだ。

せっかくだから一緒に入ろう——荒樹にそう誘われて、梅香は、自宅とは違う広めの湯船に身を沈めた。見慣れた裸のままで、たわいもない話をする。

風呂から上がると、三階の寝室に戻った。

大きなベッドだが、これは桜子の両親が使っていたのだろうか。

「全然、化けもの屋敷じゃないな」

「嫌よ、幽霊とか出たら」

「まあな」

身体を横たえた梅香は、寝心地の良さに、睡魔がすぐに襲ってきた。

「なんか人んちって、興奮するかも」

荒樹がそう言って梅香のパジャマに手を伸ばしてくるが、梅香は瞼《まぶた》が降りてしまっている。

「なんだよ、寝ちゃうの」

「昨日、ほとんど寝てなくて」

「遅かったもんな。でも、もったいない、せっかくこんなところに泊まれたんだから――」

「ごめんなさい」

梅香は身体をまさぐる荒樹の手の感触に抗《あらが》う気力もなく、眠りに落ちた。

荒樹の言うとおり、もったいないと思ったけれど、異常ともいえる睡魔に抗えない。

「おい、本当に寝るのか……」

荒樹の声が遠くで聞こえていたが、梅香はそのまま意識を失った。


目覚めたときは、どこにいるのかわからなかった。家のベッドとはスプリングの感触が全然違うし、布団も軽く、それでいて暖かく肌ざわりがいい。枕からも、花の匂いがする。

梅香は天井を眺めると、いつもの光景と違うので、ここがどこなのか考えていた。ゆっくりと、意識が覚醒《かくせい》して、屋敷に泊まっていることを思い出す。

「荒樹？」

梅香は手を伸ばすが、隣には誰もいないし、ぬくもりもない。まだ外は暗い、枕元のスマートフォンを見ると、午前二時を過ぎたところだ。風呂から上がり、ふたりで布団に入ったが、耐えがたい睡魔に負けて眠ってしまったのは十二時前だろうか。まだ荒樹は眠らずに、この屋敷のどこかにいるのだろうか。

梅香は言い難い不安にかられ、身体を起こして、ベッドから出る。窓の外から月明かりが入っている。和室だが、窓だけは洋風で、これは外観を気にしてのものだと取材の折に桜子から聞いていた。

梅香は窓に近づき、外を見た。

桜の樹があった。この屋敷をこの場所に作ったきっかけのひとつでもあると伝えられている桜の樹だ。まだ季節は秋なので、花は咲いてはおらず、枝を伸ばしているだけだ。花のつかない桜の樹は痛々しいとすら思ったことがある。春のひとときがあまりにも華やかなだけに、寂しすぎると。

桜の樹を眺めていると、白いものが見えた。

誰かいるのだろうか——桜子は窓をそっと開けて凝視する。

白い布、いや、ショールか何かだろうか。身体が大きいので、男だ。男が白い布を纏《まと》い、あの桜の樹にもたれかかっている。

荒樹——？

はっきりとはわからないが、ちらりと見えた顔の半分は彫りが深く、荒樹に見える。

梅香は上着を羽織り、部屋を出た。階段の脇の電灯だけがついていて、薄暗い。

ぶるっと震えがきたのは、寒さよりも、不気味さだ。

荒樹とふたりでいた時は、そう感じなかったが、やはりひとりでいると空気が重い気がする。

——何人かあの屋敷の人は変死している——。

つい、嫌な話を思い出してしまう。

ゆっくりと、階段を降りる。急ぐと足を踏み外してしまいそうだ。

梅香は霊感などないつもりだったし、幽霊など見たこともなければ信じてもないが、それでも静かで自分の足音すら赤い毛氈《もうせん》に吸収されてしまうこの薄暗い屋敷が怖くなってきた。

よくもこんなところで、あの人は暮らしてたものだわ。

桜子の顔を思い浮かべる。年齢よりもはるかに若く見える、愛らしいお嬢さんのような、あの人――。

そういえば……荒樹がこの家の誰かに似てるって言ってなかったっけ。確か、この家を建てた人の妻が再婚した男とか……。

梅香はふと、一階の吹き抜けで足を止める。

頭上から視線を感じて、動けなくなった。気のせいだ、変なことを考えて怖がったから、逆に何かがいるような気がするだけだ――。

誰かが自分を見ている。

気のせいだから――梅香はふりきるように、玄関に向かい、扉を開けた。鍵《かぎ》は閉まっていなかった。やはり荒樹は外に出たのだろうか。

桜の樹の方向を見ると、大きな男がいた。

「荒樹」

梅香は桜の樹にもたれかかる荒樹に駆け寄っていく。荒樹は何も聞こえていないのか、目を閉じて立ったまま眠っているかのようだった。

「ねぇ、風邪ひくよ」

梅香が荒樹の身体を揺り動かす。

「……あれ」

「どうしたの」

荒樹が目を開けて、周りを見渡している。

「俺、何でこんなところにいるの」

「それはこっちが聞きたい。起きたらいないから探しに来たのよ」

「どうして外にいるんだろう……なんか、うっすら記憶にあるような、ないような」

「ちょっと、大丈夫？　寝ぼけてるの」

そう言いながらも梅香は不安を感じた。一緒に住んでいて、荒樹が無意識にこのように外に出たことなんて、一度もない。

「おかしいな。まあいいや、とりあえず中に戻るか。寒い」

「白いショールは？」

「は？」

「私が窓から見たとき、白いショールかな、なんか白いものを纏ってた」

荒樹は不思議そうな顔をしたままだ。

「知らない」

梅香が再び視線を感じて振り向くと、一階の屋根の魔除けの鬼が視界に入った。最初にこの屋敷に来たときは、太陽の光が反射してよく見えなかったが、どうしてこんな夜に、はっきりとその形がわかるのだろう。

鬼に見られている——そんな気がしたので、目をそらす。

ふたりは屋敷に戻り、鍵を閉める。梅香は安心した。やはり荒樹とふたりだと、さきほどのような視線も感じないし、嫌な気配もない。ひとりだとやっぱり不安になるのだ。

手をつないで階段を上がり、寝室に戻り、布団に入る。

梅香は荒樹が手を伸ばしてくるかと思ったけれど、その様子はなかった。さきほどの自分のように、既に寝息を立てている。逆に梅香は眠れなくなってしまった。

どうして荒樹は、あんなところにいたのだろう。


ほとんど眠れないままに朝を迎え、梅香と荒樹が起きて階下に行くと、桜子が待っていた。今日は薄桃色のニットのワンピースで、膝上《ひざうえ》のスカートから、ほっそりしたふくらはぎが見えている。

「モーニングの用意ができてるから、一緒にいただきましょう」

そう誘われ、この家で一番日当たりのいい部屋で、トーストとクロワッサン、ハムエッグとサラダと珈琲《コーヒー》のセットを出される。

「どうやった？　夜は」

桜子にそう聞かれて、梅香と荒樹は一瞬、戸惑った。荒樹が無意識で外に出ていたなんて、言えるはずがない。夜はやはり不気味だとも、化けものが出なかった、とも。

「ベッドの寝心地がよくて素敵でした」

梅香はとりあえず、そう答えた。

「――何も出ぇへんかった？」

「え……何もって」

「私は子どもの頃から当たり前にあるもんやから、あまり気にしなかったんやけど、父が亡くなってから、うるさくなって――と言っても、騒いだりしているわけやあらへん。ただ頻繁に姿を現すようになって、最初に母が耐えられなくなって再婚して家を出たんよ。私ひとりになると、奴らはまるでこの屋敷の主人であるかのように現れるから……恋人ができても、家に呼ぶと皆、怖がって、私からも離れてしまう。そやから家を出てマンションに住み始めたんやけど……そうしたら、今度は私についてくる」

桜子はこともなげに、そう話している。

「昨夜は大丈夫やった？」

「はい……」

梅香は桜子の言っていることが、どこまで冗談でどこまで本気なのかわからず戸惑った。

「ならよかったわ。やっぱりこの家と関係ない人の前には出ないんや」

「桜子さん――」

それまで黙っていた荒樹が、身を乗り出してきた。

「あなたの前に出てきて、あなたを脅かしたものは、何なんですか」

梅香は驚いた。荒樹の目が真剣な光を宿し、桜子を見ていたからだ。幽霊なんていない
――そんな話を昨夜はしていたはずなのに。

「鬼――」

桜子は珈琲カップに口をつけたまま、そう呟いた。

「鬼？」

「憎しみを喰《く》らい生き延びていた鬼や。鬼は孤独が大好物で、孤独な人間の前に現れる。多分、幸せで満たされて生きている人間の前には現れへん――余計な話をしてしもたね。ごめんなさい。私、ここで失礼するわ。ゆっくりしてや。よかったら、また――泊まりに来て」

桜子はそう言って、優雅に笑みを浮かべ立ち上がった。

荒樹が週に一度か二度、夜に帰ってこなくなったのは、桜子の屋敷に泊まった十日後からだった。それまでも夜勤が終わって友だちと朝まで飲んだりということは、何度かあったので、最初は気にしなかった。けれど今までと様子が違うのは、家に帰ってからどこかに行ってしまった気配があることだ。

梅香が仕事を終えて帰宅すると、早番で帰ってきた荒樹の洗濯物が洗濯籠《かご》の中に入り、台所の流しにはカップラーメンの食べ残しが捨ててある。そうしていったん家に帰ってきた様子を残して、その夜は帰ってこない。翌日、梅香が仕事に行ってから、戻ってきているようだった。

「どこにいるの」「今日は帰らないの?」と、梅香はメールをするが、返事はない。けれどもともと荒樹は連絡をまめにするタイプではないし、返事を要求すると「束縛されてるみたいで窮屈だ」と、嫌な顔をするから電話などはかけない。

様子がおかしいとはっきり思ったのは、荒樹は梅香を抱かなくなったからだ。あの屋敷で、眠りにつこうとしている梅香に手を出してきたのを最後に、梅香にふれない。梅香のほうから、荒樹に身体を近づけてもみたが、疲れているのか眠ってしまい、ことにいたらなかった。

それでも自分のところに帰ってきてくれるから、心配することはないのだろうか——。

もうひとつ気になるのは、あの屋敷に泊まったときに、荒樹が無意識に外に出て桜の樹のところにいたことだった。夢遊病のような症状が出ているのか。

あの夜から、どうもふたりの歯車が噛《か》みあわないような気がしていた。一緒に食事に出て会話をしても、どこかちぐはぐで、荒樹が何か別のことを考えているように見える。別人になってしまったかのようだ。それまで饒舌《じょうぜつ》で明るい男だったはずなのに、沈んでいる様子も見せるようになった。梅香が寝ている間に出かけるときもある。帰ってきたときはいたのに、寝ている間にどこかに行ってしまうことも。

嫌な記憶がよみがえってくる——荒樹の前の恋人のときも、そうだった。知らない間に、二股《ふたまた》をかけられていて、結局彼は違う女のもとへ行って、ふられてしまった。あのあと、荒樹と出会うまで、どれだけ寂しかったことか。男がいるのが当たり前だったから、ひとりに慣れていなかったのだ。

あのときと同じことが繰り返されているような気がしてならなかったが、追及するのが怖い。

一度だけ「どこ行ってるの」と軽く聞いたことはあったが、「え?」と、何でもないように聞き返された。

「最近、夜、いないこと多いから」

「ああ……友だちの家で呑《の》んだりしてる」

それで話が終わってしまった。

どうしたらいいんだろう――梅香は考えた。確かめるしかない。こわいけれど、寂しいままでいるのはつらい。以前のような、どっちつかずの状態は何よりも避けたい。


荒樹が音をひそめて外に出ていく気配があった。梅香は身体を起こしベッドから出て、素早く衣服を身に着ける。この日を待っていたのだ。荒樹のあとをつけてどこで誰と会っているか突き止めるしかない――。

そっと外に出て、フードをかぶり顔を隠す。荒樹は道沿いに立っていて、手をあげてタクシーを止めて乗りこむ。梅香も同じようにタクシーを止めて、「あの前の車のあとをついていってください」と運転手に指示した。切羽詰まった様子が伝わったのか、余計なことは言われなくて助かった。

荒樹を乗せたタクシーは西に向かっている。

どうして、嫌な予感に限ってあたるのだろう――梅香は腕組みをして、そう考えていた。

タクシーは千本通で停まり、梅香も少し離れた場所で降りて、荒樹を追う。

荒樹の進む方向には、あの屋敷がある。ふたりが泊まった、あの屋敷が。あそこに泊まったときから、荒樹はおかしくなった。そして、おそらくその後の行動には、あの人が関わっているという予感は最初からあった。

桜の樹の下に、白いものがいた。いや、この寒さの中、コートも羽織らずに、白いワンピースを着ている女だ。部屋着なのだろうか、足首まである。いつも結い上げている長い髪の毛は腰まで垂らしていた。

荒樹はまっすぐ、その女のほうに向かう。女の歓喜の表情が遠目でもわかる。

女の口が動いた。けれど、その口の動きは「荒樹」とは呼んでいない。それでも荒樹が女に近寄り、女を抱きしめるのが見えた。ふたりはそのまま肩を組んで、屋敷に入って行こうとする。

梅香は飛び出て、ふたりを止めるべきかどうか躊躇《ちゅうちょ》していた。やめてと叫んで荒樹を取り戻すべきかもとは思うが、足が動かない。

屋敷に入る寸前に、女――桜子が振り向いて、笑みを浮かべた。

確かに、自分のほうを見て笑っている。

ふたりが入っていくと、屋敷にほんのり灯りが灯される。あの、赤い毛氈のひかれた階段を上り、寝室に向かっているのだろうか。

じっと見ていると、灯が動いて揺れているのがわかった。

灯は青白く光を放ち――人魂を連想させる。

「荒樹……」

梅香は両手で自分の身体を確かめながら、男の名を呼び、さきほどまでふたりがいた桜の樹の下に腰をおろす。

見上げると、屋根の上に、鬼がいた。

あれは人形だ。魔除けの鬼の人形だ。

その鬼にじっと見られている気がした。

「笑わないでよ」

梅香は思わず、そう口にした。

嫌な予感はしていたのだ、桜子に会ったときから。少女を連想させる華奢な身体と、品のあるふるまい、愛らしい顔立ち――そして桜子はいつも寂しげで、それは男を引きこむ隙を作る。

女性経営者で不動産も財産もあり、梅香が勝てるのは若さぐらいだ。いや、それは愚かな思い込みで、若さなど、今の自分には何の力でもない――。

「またひとりになるの、嫌だ……寂しい……」

梅香はいつのまにか泣いていた。惨めな気分でいっぱいだ。同棲している恋人をとられてしまうなんて。

梅香が顔をあげると、正面、屋敷の玄関の前に、何かがいるのに気づく。

白いショールのようなもので身を覆った人間だ。

荒樹？

梅香は立ち上がる。白い布の隙間から見える顔が、荒樹に似ている。

ふらりと揺れるように、梅香はそちらのほうへ歩いていく――荒樹なのか。

白い布をまとった人間の眼の前に来たが、相手は微動だにしない。

「荒樹なの？」

梅香の問いかけにも答えない。けれど、梅香は気づいてしまう。顔は荒樹に似ていると思ったが、その男の肌はくすんだ土色で、目が充血しているかのように赤く、その焦点は定まっていない。

違う、これは、荒樹じゃない。

白い布をまとった男は梅香に背を向けると、屋敷のドアノブに手をかける。鍵はかけられていなかったのか、扉はたやすく開いた。

「うふふ」

中に入った瞬間、聞こえてきたのは、女の笑い声だった。小声なのに薄暗い家の中に響き渡り空気を揺らす笑い声だ。

大きな音がして、三階の寝室の扉が開くと同時に、男が転がるように階段を駆け下りる。

「荒樹！」

梅香が叫ぶと、荒樹は梅香に気づき、助けを乞《こ》うような表情を浮かべ、足を速める。梅香は駆け寄って、荒樹に抱き付く。

「梅香、どうして、ここに」

「あなたがここに向かうから」

「ごめん――」

荒樹は梅香の背に手をまわし、謝る。

「帰ろうよ、荒樹」

「ごめん」

「謝らなくていいから」

荒樹の身体がまるで死人のように冷たくなっているのに梅香は気づく。

「帰るんや」

女の声が上から降りるように聞こえてきたので、梅香は顔をあげる。

白いネグリジェのようなドレスを着ている女がいる――桜子だ。

桜子は手に、桜のキャンドルを持っている。炎が灯され、桜の香が漂ってきた。けれど、灯はそのキャンドルだけではない――桜子の周りに、幾つか青白い光が浮かんでいる。近づかなくてもそれらが冷たいのがわかる光。

鬼火――という言葉が、浮かんだ。人魂のことだ。

この屋敷の屋根にいる鬼が灯している気がした。

そういえば、さきほどこの家に自分を導いてきた白い布をまとった男はいつのまにかいなくなっている。

梅香は自分達を見下ろす桜子を睨《にら》みつけた。

「――荒樹は私の恋人です。家に連れて帰ります」

「そう……」

桜子はゆっくりと片手に桜のキャンドルを、もう一方の手で手すりを持ったまま、階段を降りてきた。桜子の周りの青白い光は、まるで彼女を守る騎士のようにゆれながら動く。

「また、私をひとりにするんや」

「あなたなら、恋人ぐらいすぐに作れるでしょ。結婚だってしようと思えばできたはず。何も人の恋人をとらなくても――」

「何人か好きになった人はおった。結婚もしようとした。でも、私がこの家を離れようとすると、奴らが現れる。そやから、みんな、脅えて逃げてしまった。私と一緒になってこの家にとどまってくれもしぃひん」

桜子は、一階の吹き抜けに降りたち、天窓からの光を浴びて青白い光に囲まれ佇《たたず》んでいる。

「そやからな、ここを結婚式場にしたんや。私だけ寂しくて不幸なのは、嫌やもん。幸せになれると信じて疑わない女たちがここで結婚式を挙げる。何人もの人が死んで、人の恨みや寂しさを喰らって生きる鬼たちがたくさんいるこの家で結婚式なんて、面白いやろ。ここで式を挙げる恋人同士に、鬼たちがついていく姿を見て、不幸になりますようにって、呪ってた」

桜子は、笑っている。桜子が笑うと、桜子の周りの鬼火が揺れるのは、喜んでいるのだろうか。

「結婚しようが、寂しい女は寂しいままや。いや、もっと寂しくなる。この屋敷の最初の女主人も、そうやった」

梅香はここを早く立ち去るべきだと思っていたが、足が動かない。

「桜子さん、あなたのように美貌も財産もある人が、どうして人を呪ったりするの？」

梅香は、問うた。

あなたは美しく、こんな立派な家も所有し――不安定な生活を送る私よりも、よっぽど恵まれているではないか。それなのに、どうして私の男まで奪おうとするのだ――。

「寂しいから」

桜子は、そう口にした。

梅香は、もう逃げたくてたまらないが、さきほどから、冷たくぬめったものが足にからみついているのに気づいていた。

「なんだよ、これ」

荒樹が泣きそうな顔をして、傍に立ちすくんでいる。下を見るのが怖い。冷たいものは、ふたりの足を摑《つか》んで離そうとしない。

「この屋敷は私のために建てられた――でも、私はずっと寂しかったんよ。誰かと一緒でも、寂しかった。私の子どもや、またその子どもたちがいても、寂しかった。そして、寂しい人たちは、みんな、鬼になってここにとどまってしもた」

歯を食いしばって、梅香は自分の足元を見た。

ぬめり、黒いものが、からみついている。目は赤く、頭に二本の角が生え、血を喰らったかのような口元は笑みを浮かべているようにも見える。一匹だけではなかった。屋敷のあちこちから、湧き出て、梅香と荒樹を囲んでいる。

叫ぼうとしても、声が出ない。

「ここは夫が私のために建てた家だけど、本当は私を閉じ込めるためだった。あの鬼だって、魔除けじゃなくて、魔を――私を封じ込めるためや。だから私は寂しい――寂しくてたまらないから、また鬼が来る。だって、鬼は人の孤独を餌に生きてるんやもの。孤独だと、人は恨みの心を持つ――」

桜子はゆっくり近づいてくる。

桜子は桜のキャンドルを手にしたまま、梅香の目の前に立ち止まる。

「梅香さん。私、ここで、あなたに殺されかけたことがある気がするんや。最初に会ったときから、気になってた」

違う――殺されたのは、私のほうだ――梅香の脳裏に、日本刀を持った桜子の姿が浮かんだ。

遠い昔――この家で、私は桜子に殺され、男を奪われた。

私が「梅」と呼ばれていたときに。

私の男は桜子に心をひかれ、それに気づいた私は桜子を殺そうとして逆に殺されてしまったのだ。美しさも若さも全て持っている恵まれたこの女は底無しの欲望を持ち、私の男を自分のものにした。この、満たされることを知らない不幸な女は、今、また私から男を奪おうとしている。

嫌だ、二度と、殺されて、奪われてたまるか。

梅香は両手で、思い切り桜子の身体を突き飛ばした。桜子は後ろに倒れ、手にしたキャンドルが床に落ちる。桜子を囲む鬼火が、大きくなる。

梅香は必死で、自分の足元にまとわりつく鬼を剝《は》がして投げた。鬼は金属がこすれたような不快な音を出す。

倒れたままの桜子と、キャンドルの炎が裾の長いカーテンに引火している様子が見えたが、梅香は必死で、背を向けて屋敷から逃げた。荒樹を置いて、走り去った。


あの屋敷が火事で全焼したのを知ったのは、翌日の昼間、職場のテレビのニュースだった。

「火の元はわかっておらず……この屋敷の持ち主である女性は近くのマンションに住んでいるはずが連絡がとれず――」

そう報道されていたので、桜子はまさかあの屋敷と共に亡くなったのかと思ったが、その後の続報を見ても、死体が見つかった様子もない。屋敷の裏に住んでいた徳松夫婦は、逃げて無事だったらしい。

ニュースの映像を見ていると、焼け焦げた家の様子と、桜の樹の袂《たもと》に一階の屋根から落ちたのか、割れた鬼の人形の首だけがちらりと映っていた。あの、魔除けの鬼だ。

荒樹からも連絡はなく、メールをしたが返事も無かった。心配していたが、死体が無いということは無事なのだろうか。警察に行くことも考えたが、そもそも自分が桜子を突き飛ばしたから、キャンドルの火が移り火事になったのだと思うと、捕まったらどうしようと恐ろしくてその気にはならなかった。

こうなって初めて、梅香は自分が荒樹の実家の連絡先も、友人も知らないことに気づく。出会って、この家に転がり込んできたので、行方を探しようがなかった。驚いたのは、荒樹が登録していた派遣先に電話して聞いてみると、「その名前の登録はありません」と、言われたことだ。竹本荒樹というのは偽名だったのだろうか、それとも、最初からそんな男はいなかったのか。

考えてみれば、免許証も持っていなかったし、彼の存在を証明するものは、何もないことに呆然《ぼうぜん》とした。

それでも、逃げてどこかで生きていると信じたかった。

しかし、どうして自分は恋人を置いてひとりで逃げたのだろう。

――でも、梅香は、本当は俺じゃなくてもいいんだろ。ひとりで寂しいのが嫌だから、誰かと一緒にいたいだけで、たまたま俺がいただけで――。

いつか荒樹に言われた言葉を思い出す。


そうしているうちに日々に追われ、梅香の中から、桜子と荒樹とあの家について考える時間は減っていった。桜子も荒樹も行方がわからないままだった。全焼した屋敷は更地になってしまったという。ただ、桜の樹がどうなったかは、わからない。

近くに行く機会があれば見に行こうと思っていたが、勤めていた会社が不景気で退職することになり、職探しもあり、忙しい日々が続いた。


「お久しぶり」

声をかけられて、梅香は足を止める。

四条烏丸《しじょうからすま》を歩いているときだった。オフィス街の昼休みで、人が多い。梅香はアルバイトの休憩時間を利用して家賃の振り込みを終えたところだった。

「……桜子、さん」

驚きが顔に出るのを隠しきれなかった。

白いふんわりとしたコートの下には、白いワンピース。にっこりと笑う桜子が、そこに立っていた。驚いたのはその様子だ。最後に会ってから十年近く経っているはずなのに、桜子は全く変わっていないのだ。確か、もう五十前のはずなのに、やはり二十代にしか見えない。

「……桜子さん、どこに、いらしたんですか」

「私は変わらへんよ。ずっとあそこにおる」

「だって、あの家は」

「ゆっくりお話ししたいけれど、あまり時間がないの」

桜子はそう言って、にっこりと笑う。

「荒樹は、どこに」

「荒樹？　誰？」

桜子は本心から、その名前を知らぬように聞き返す。

「私と一緒に暮らしていた男――あの夜、あの屋敷にいて、それからどうしてるかわからないんです」

「……ごめんな、ほんまに知らんねん。その名前も聞いたことがない」

桜子が申し訳なさそうに眉《まゆ》を顰《ひそ》める。

あの夜、あの屋敷で青白い光に囲まれキャンドルを手に笑っていた桜子の姿――あの光景を思い出した。あれは夢ではなく現実だったのだろうか、今でもわからぬままだ。

　そんな梅香の戸惑いに気づかずか、桜子はそのまま立ち去ろうとして、ふと足を止めて、振り向いた。

「梅香さん、あなた――」

「はい」

「すごく寂しそうやで。疲れているみたいやし、大丈夫」

　梅香は頰に手をあてた。

　桜子の言う通りだった。時給の安いアルバイトでは生活が苦しい。おまけに三十半ばを過ぎた頃から、身体のあちこちに不調が起こった。いや、それ以上に、かつて桜子に初めて会ったときは、自分は若くて恋人もいて、そう金持ちではないけれどそれなりに華やいで楽しい生活を送っていたのに、今は、こんなはずじゃなかったのにと、毎日のように思いながら生活をしている。あれから何もかも上手くいかず、不運が続く。

「可哀想――」

　桜子は、梅香に近づき、手を握り、じっと目を見つめるが、その目は笑っているようにも見えた。

「――ずっと呪ってたんや。私以外の全ての女が、孤独で不幸になりますようにって。そのせいかもしれんね」

桜子は微笑んだままそう口にして、梅香の手を離す。

再び背を向けて、桜子は早足で去っていった。

最後に何か言われたような気がするのだが、聞き取れなかった。


梅香はひとりのマンションに帰る。十年前からずっと住んでいる部屋だ。かつては荒樹と一緒に暮らし、そのあとも何人かの男の出入りがあった部屋。

電気をつけて、部屋を明るくし、ベッドにもたれかかって、大きなため息を吐く。

「わかってるわよ、言われなくても——あなたの言いたかったことは」

靴下を脱いだ足に、ぬめった黒いものがまとわりついてくる。私の帰りを待っていたのだ、こいつらは。

桜子が言った通り、こいつらが私の周りに現れ離れなくなってから、男は私から去っていき、つきあいも長続きしなかった。どんどんと寂しくなればなるほどに、こいつらは増長して強くなっているのもわかる。私の人生が、何もかも上手くいかなくなったのも、きっとこいつらのせいだ。こうして、部屋を明るくしても、何も恥じらうこともなく現れる。

「なんで、私のところに来るのよ」

こいつらが現れたのは、桜子のことも、屋敷のことも忘れかけていた頃だった。

ある時、ふいに、現れた。あの屋敷にいた、黒い、角を持った、鬼が。

梅香はふと、さっき桜子が最後に言った言葉が何だったのか、思い出した。

「最初から、やつらはどこにもおるんや。寂しさを喰って生きているんやから——もとは、人なんや。人は寂しいと鬼になる——」

そう、多分、最初からいたのだ。

それが見えるか見えないかだけの違いで、誰のところにも、いる。

寂しい人のもとに、こいつらは必ず、いる。

梅香は自分の足にまとわりつく鬼を振り払おうとするが、鬼の爪が梅香の足首に食い込んで離れない。

「どうして私のところにいるのよ、ねぇ、どうして」

梅香は手で鬼を掴み握りしめ殺そうとするが、絞めれば絞めるほど、嬉しげな表情を浮かべている。

あの屋敷が焼かれて、魔を封じ込める鬼の人形も燃えてしまい、こいつらは放たれてしまったのかもしれない——世の中にたくさんいる、孤独な女のもとに、桜子の呪いを叶えるために。

人は寂しいと鬼になる。

人間にとって孤独ほど恐ろしいものはない。自死を選ぶ人間は、皆、孤独だから死を選ぶしかなくなる。こいつらの姿が見えるようになって、私も、何度も、死にたいって考えるようになったもの。

「ずっと呪ってたんや。私以外の全ての女が、孤独で不幸になりますようにって」

桜子の言葉が、梅香の脳裏によみがえってきて、離れない。

解説　鬼をみる人

黒木あるじ（怪談作家・小説家）

先ずは——暫し、自分語りにおつきあい願いたい。

話は二〇一二年の夏まで遡る。その日、私は怪談イベントを鑑賞するため、深川の江戸資料館を訪れていた。当時は作家デビューからおよそ二年目、怪談界隈の知人もそれなりに増えはじめた時期であったから、知った顔に声をかければ開演まで時間を潰すことも容易かったはずだ。けれども私は誰にも会うまいと努め、エントランスの片隅に身を隠していた。

そのとき私は、心のうちに〈鬼〉を宿していたのである。

第三者が関与する事柄ゆえ詳細は避けるが、そのころの私はあまりにも理不尽な出来事に疲れはて、ひどい人間不信に陥っていた。苛烈な悪意を何度もぶつけられた人間は、往々にして自らも悪意に感染し、負の感情を内心に抱いてしまう。当時の私はまさしくそのような精神状態にあった。憎む、悲しむ、憤る——違う。あのときの心持ちは一般的な語句で形容しがたい。あれはまさしく鬼と呼ぶに相応しい感情だった。おのれの醜悪さを自覚しつつも、湧きだす黒い瘴気を止められなかった。

いま、誰かと迂闊に話せば鬼の呼気が口から漏れてしまうかもしれない。ともすれば悪意が殺意に変わり、他者へ刃を突き立ててしまうかもしれない。そんな事態を恐れ、私は必死に暗い衝動と闘っていた。けれども、そんな無理がいつまでも続けられようはずもない。「誘われた手前、不義理もできまい」と会場を訪ねてみたものの、他者と交流できる状況でないことは自明だった。

無理だ、もうこれ以上は居られない。そっと立ち去ろう、そして——筆を折ろう。いまとなっては笑い話に過ぎないが、そのとき私は真剣に廃業を決意していたのだ。

知人に遭遇せぬよう辞去のタイミングを伺いつつ、なにげなく物販ブースへ足を向けると、うつろな目で品定めする私に売り子の女性が声をかけてきた。

「黒木さんやろ」

その売り子こそが、誰あろう花房観音氏であった。聞けば主催者と昵懇《じっこん》の仲であり、請われて物販の手伝いに駆けつけたのだという。

むろん、彼女の名前は知っていた。インパクトのある筆名に加え、同年デビューということも手伝い、以前から気になる存在ではあった。とはいえ初対面であり、おまけにこちらは半ば正気ではない。さて、いったいどのように返答すべきか——と逡巡している私をよそに、彼女は「あの話読んだで」と、私が実話怪談を寄稿した雑誌名を挙げてから「あれ、黒木さんの体験やろ」と、あっさり告げたのである。

図星だった。その怪談はある一軒家にまつわる実話で、まさしく我が身に起こった出来事——先述の理不尽な騒動を下敷きにしていた。しかし私の体験と悟られそうな要素はことごとく省いており、親しい人間ですら気づくまいと自負していたのだ。

それなのに、なぜ分かったのか——驚きのまま問う私へ、彼女はあいかわらず淡々とした口調で「そら分かるわ、鬼気迫るものがあったからな」と答えた。

鬼気——鬼の気配。そのひとことで私は察した。

眼前に立つこの人は、鬼が視えるのだ。私の心に棲む鬼を目視できるのだ。

そのような人物が書く小説は、如何なるストーリーなのだろうか。やはり鬼が登場するのだろうか。そもそも、なぜ彼女は鬼が視えるのだろうか——。

湧きあがる好奇心に、いつしか黒い感情は消えていた。

私が花房観音に救われ、彼女の熱心な読者となった記念すべき日の思い出である。

あれから十年、あの日抱いた私の確信は間違っていなかったようだ。

花房観音の小説には、いつも不穏な鬼の影が見え隠れする。そもそも出自からして、第一回団鬼六賞の大賞受賞で文壇デビューを飾った〈鬼絡み〉の書き手なのだ。受賞後初の短編「おばけ」（講談社文庫『指人形』収録）は、三匹の鬼が跋扈《ばっこ》する追儺《ついな》式で有名な吉田神社が舞台であったし、稀代の毒婦をモデルにした長編『黄泉醜女《ヨモツシコメ》』（扶桑社）に至っては、タイトル自体が黄泉の国に棲む鬼女の名を冠している（幻冬舎文庫化に際し『どうしてあんな女に私が』に改題）。

否、これほど明解な例を挙げなくとも、花房作品には絶えず鬼火が照っている。交わる肉の悦び。すれ違う心の寂しさ。身体の芯で燃える紅い炎と、精神の底に灯る蒼い焔《ほのお》が混ざりあい、絡みあい、まぐわい、妖艶な紫の光をはなっている。自然では有り得ぬ色の焱《ほのお》――それはまさしく鬼火だ。

情欲や性愛を主題とする作家は本邦にも少なくない。しかし、枯淡としているのに濃密な、寂寞と満悦を孕《はら》んだ小説を紡ぐ書き手は稀である。人の内面に浮かぶ鬼火を幻視し、詞《ことば》に込める。「墨は餓鬼に磨《す》らせ、筆は鬼に執らせよ」との格言を体現しているがごとき筆捌きが、彼女を第一線で活躍させている所以なのだろう。

それでも欲深な読者の私は満足しない。花房観音には影でも炎でもなく〈鬼そのもの〉を描いてほしいと願ってしまう。この人が真正面から鬼を書いたとき、どれほど強烈な物語が生まれるのだろう。読みたい。怖いけれども、読んでみたい——そんな畏怖まじりの期待へ応えるように、満を持して発表された連作短編が『鬼の家』である。

舞台は明治初頭の京都。「かつて千本の桜が植えられていた」とされる千本通に、資産家の松ヶ谷吉二郎は豪邸を建造する。だが、いかに贅を尽くした邸宅も、若き妻の桜子にとっては檻のない牢獄だった。ある晩、奇妙な男女を家に招き入れたことから桜子は自身の孤独に気づいてしまう。夫にとって自分が「愛らしい人形」でしかない事実を悟ってしまう。ひとりの人間として愛されるため、桜子は人をやめる。欲望の果てに待つ結末を知りながら、彼女は自身の衝動にしたがい鬼となる。

けれども悲劇は桜子だけで終わらない。大正、昭和、平成と時代が移りゆくなか、松ヶ谷邸には情念と怨念が渦巻き、かかわる者をことごとく蝕み、鬼へと変えてゆく。かくして六人の当主を巡る物語は、最後まで鬼の気配を漂わせて幕を下ろす——。

そう、本作は題名が記すとおり全話にわたって恐ろしい鬼が登場する。といっても御伽噺よろしく人を捕らえて喰らうわけではない。鬼はいつも「視える」だけだ。あるときは館の陰に、あるときは昏い天井に、そしてあるときは愛する者の背後にあらわれ、人々を戦慄させる。やがて主人公たちは鬼とおのれの境目を失くし、深い奈落の底へ堕ちていく。

人の心には鬼が棲んでいる——もしも『鬼の家』が平凡きわまる物語であったなら、この手垢に塗れた常套句で総括することも可能であったはずだ。しかし、本書の作者はそこいらの凡庸な書き手ではない。鬼を視る女、花房観音なのだ。彼女は幾重にも蜘蛛の巣のごとき網を張り巡らせ、読者を決して逃がさない。簡単な答えを許さない。

たとえば第三話「鬼人形」の主人公〈奥様〉は、名家の妻らしい教養を身につけんと『源氏物語』を読みはじめる。日本最古の長編小説と謳われる『源氏物語』は稀代の恋物語でありながら、怨霊と鬼が跋扈する上質の怪談でもある。作中、〈奥様〉は『源氏物語』に登場する六条御息所の逸話にふれ、かつて鑑賞した能の演目「葵上」を思いだす。「葵上」において、六条御息所は嫉妬で猛り狂ったすえ鬼女へと変貌を遂げた存在として描かれる。かくして〈奥様〉は古の怪異譚を通じ、屋敷に棲まうモノが鬼だと確信する。誰もが知る古典を作中にさりげなく織りこみ、無意識のうちに鬼の存在を印象づける作者の手腕には震えるよりほかない。

第四話「奥様の鬼」で語られる鉄輪の井戸も、能「鉄輪《かなわ》」の舞台となっている。「鉄輪」に顕現するのは人の名残りを持つ鬼女・生成《なまなり》。人心をすっかり喪失した鬼ではなく、半ば人間である点が興味深い。鬼は生まれながらにして鬼なのではなく、人をこじらせたすえ鬼になるのだ。それは読み手のお前とて同様なのだ。さあ、お前の心に鬼は居るか――怪しき名所を足掛かりに、読者は不意打ちで冷ややかな問いを突きつけられる。

個人的には、第五話「守り鬼」で紹介される「昔、京都三条の薬屋が立派な鬼瓦を飾ったところ、向かいの家の住人が突如原因不明の病に倒れた」という謂れに、いたく惹かれてしまった。この説話は、文化文政に書かれた石塚豊芥子の『街談文々集要』に「鬼瓦看発病」の題で書き残されている。つまりは、れっきとした実話怪談なのだ。

このさりげない一文を読んだとたん、全編に何度も姿を見せていた〈一階の屋根に鎮座ましまず鬼人形〉の印象が一変する。そこはかとなく漂っていたユーモラスさは消え失せ、魔を屋敷に呼びこむ呪具にしか思えなくなってしまう。

斯様に、『鬼の家』は京の都が魔都である事実を読者の潜在意識に植えつけ、「これほど鬼とゆかりの深い土地なら、もしやすべて本当の話なのでは」と不安にさせてくれる。自身も京都に暮らし、古都のもろもろに精通した作者ならではのアプローチが、我々をずるずると京都の異界、千本通の闇のなかへ引きずりこんでいくのだ。

仕掛けは洛中だけに留まらない。第一話「桜鬼」に登場する李作が「日本海のほうからやってきた、青い瞳の持ち主」なる描写に私は唸ってしまった。日本海沿岸には、海の彼方から訪れる異形の〈来訪神〉をもてなす民俗行事が現在も数多く残っている。とりわけ有名なのは秋田県男鹿のナマハゲだろうか。鬼の容貌で家々を練り歩くナマハゲは「難破船から漂着した外国人が、異形の鬼神として崇められた」との説がある。つまり、李作自身が鬼の末裔であったとも考えられる。桜子が鬼と化す前から、すでに私たちは異形の鬼を目にしていた――なんともミステリアスな伏線を張るものだ。

と、「異形」の二文字を書いたところで筆が止まる。舞台である松ヶ谷邸とて、じゅうぶんに異形ではないか。ルネサンス風の邸宅を模した外観。ロココからバロック、イスラムや中国の意匠まで織り交ぜた部屋の数々。きわめつけは「遊興の間」と命名された、天井や壁に金飾りを施す三階の大和室――改めて記すと、その歪さが顕著になる。人体の部位をでたらめに繋ぎあわせたような〈美のコラージュ〉は、さながら「フランケンシュタインの怪物」を彷彿とさせる。人の姿をしている人ではないモノ、つまりは鬼。なるほど、家そのものが鬼ということか。待てよ、もとより松ヶ谷邸が建っているのは、鬼が女を喰らった伝承が残る宴《えん》の松原だ。つまりは家のみならず、土地もまた鬼に魅入られていたということか。

魅入られる――そういえば「魅」の字も鬼を内包している。「鬼」はグロテスクな頭部の持ち主を、「未」は枝の伸びゆく樹木をあらわす象形だという。枝を伸ばす樹とは、もしやあの桜ではないのか。巡る時代のかたわらで主人公たちを、そして読者を静かに見守っていた桜は、もしや鬼の化身だったのか。花房観音は美しい桜にまで鬼を潜ませていたのか。なんという物語だろう。人も土地も家も花も、すべてに鬼が居る。なべてこの世は鬼だらけだ。作者は、それを暗に伝えているのだ。

千々に考えを巡らせたすえ、ようやく私は悟る。十年前のあの日、なぜ彼女は私の内なる鬼を看破したのかを。なにゆえ鬼が視えるのかを。

花房観音は鬼を視るのではない。鬼を魅るのだ。魅入るのだ。

観察するにとどまらず、鬼に取り憑き、自身に取りこみ、その孤独と憎悪と蕭条《しょうじょう》を糧としているのだ。ゆえに、あれほど鬼気迫る物語を次々と生みだせるのだ。

だとすれば、『鬼の家』は小説の皮を被った〈罠〉だ。読者は登場人物に共感したが最期、自身も鬼にされてしまう。花房観音は、鬼を増やそうと試みているのだ。

どうしてそんな恐ろしい真似を――思わず呟いた私に、暗闇から誰かが答える。

だって、寂しいから。憎いから。

私の仮説を「妄想だよ」と嗤うだろうか。ならば、もう一度『鬼の家』を読みなおしていただきたい。頁を捲《めく》るごとに妖しき影をみとめ、「これほど多くの鬼が隠れていたのか」と慄《おのの》き、自身のなかで蠕動《ぜんどう》する〈なにか〉に気がつくはずだ。

その正体は——改めて述べる必要もないだろう。
私もあなたもすでに鬼だ。あの家の住人だ。
もはや、我々は花房観音の〈魅〉から逃げられないのだ。

単行本　二〇一七年九月　ＫＡＤＯＫＡＷＡ刊

コスミック文庫

鬼《おに》の家《いえ》

2022年7月25日　初版発行

【著者】
花房観音《はなぶさかんのん》

【発行者】
相澤　晃

【発行】
株式会社コスミック出版
〒154-0002 東京都世田谷区下馬6-15-4
代表　TEL.03(5432)7081
営業　TEL.03(5432)7084
　　　FAX.03(5432)7088
編集　TEL.03(5432)7086
　　　FAX.03(5432)7090

【ホームページ】
http://www.cosmicpub.com/

【振替口座】
00110-8-611382

【印刷／製本】
中央精版印刷株式会社

乱丁・落丁本は、小社へ直接お送り下さい。郵送料小社負担にて
お取り替え致します。定価はカバーに表示してあります。

ISBN978-4-7747-6399-6 C0193

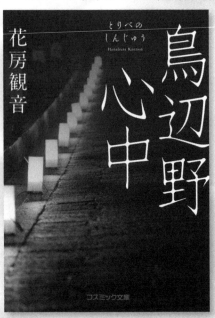

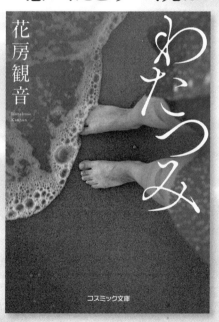